순간 :
여름밤

버지니아 울프
지은현 옮김

꾸리에

순간:
여름 밤

이 에세이는 울프가 "현재의 순간은 무엇으로 이루어진 걸까?"라는 질문을 과거, 현재, 미래를 통해 던지면서 시작한다. 시인인 하베나 리히터는 이 에세이를 "울프가 자신의 주관적 방법을 검토하는 것에 가장 가까운 시도"로 보고 있다. 울프는 짧은 시간 안에 등장인물이 받는 여러 인상을 검토한다. 특히 감각적 인상이 두드러지는데, 이를 통해 독자는 외부의 풍경을 지켜보면서 몸과 마음이 그것에 상응하는 반응을 하게 되어 등장인물에 동참하게 되며, 감정을 형성한 시각적 인상이 섬광처럼 일련의 생각으로 비행하는 과정을 지켜보게 된다. 울프는 독자로 하여금 등장인물의 의식의 내면에 들어가도록 전달해야 한다고 느낀 것 같다. 등장인물의 관점을 따라잡기 위해서 독자는 다수의 인상을 동시에 보고 듣고 맛보고 냄새를 맡고 느껴야 할 뿐만 아니라 자신의 생각과 그 생각이 몸에 미친 결과로 생긴 육체적 인상의 연관적 행위들을 정신적으로 경험하는 것을 느끼게 된다.

서서히 어둠이 내리면서 나무들 사이에 있는 정원의 탁자가 점점 더 어슴푸레해졌다. 그리고 탁자 주위에 있는 사람들이 한층 흐릿해졌다. 무디고 한물가 보이는 육중한 몸집의 올빼미 한 마리가 발톱 사이에 검은 반점을 드러내며 희미해져 가는 하늘을 가로질렀다. 나무들이 살랑거렸다. 비행기 한 대가 팽팽하게 잡아당긴 철삿줄처럼 윙윙거렸다. 또한 길 위에서는 오토바이 한 대가 멀리서 굉음을 내며 길 아래로 점점 더 멀리 내달리고 있었다. 그런데 현재의 순간은 무엇으로 이루어진 걸까? 당신이 만약 젊다면, 미래가 현재에 놓여 있기에 유리 조각처럼 가볍게 흔들리며 떨리게 된다. 만약 늙었다면, 과거가 현재에 놓여 있기에 두꺼운 유리 조각처럼 불안정하게 흔들려 일그러지게 된다. 그럼에도 불구하고 모든 이들은 현재에 특별한 것이 있다고 믿으며, 현재의 전체, 현재의 진실을 구성하기 위해 이 상황에서 서로 다른 요소들을 열심히 찾아낸다.

우선, 현재는 대부분 시각적 인상과 감각적 인상으로 이루어져 있다. 낮은 찌는 듯이 더웠다. 무더위가 지나간 뒤에는 추운 날씨에서처럼 살갗이 닫히고 수축되는 게 아니라 마치 모든 모공이 열려 모든 것이 노출된 채 있는 것처럼 살갗이 열린다. 옷 안의 피부에서 공기가 차갑게 퍼진다. 딱딱한 길을 걷고 난 뒤에는 발바닥이 슬리퍼 안에서 퉁퉁 붓는다. 그런 다음 햇빛이 다시 어둠 속으로 가라앉을 때의 느낌은 자신의 눈에 있는 빛깔을 축축한 스펀지로 살살 밀어내는 것만 같은 느낌이다. 그런 다음 나뭇잎들이 이따금씩 파르르 흔들린다. 마치 말 한 마리가 갑작스럽게 살갗을 부르르 떨듯, 거역할 수 없는 감각의 잔물결이 나뭇잎들 사이로 흐른다.

그러나 이 순간은 또한 의자의 다리들이 정원의 비옥한 땅을 통과하면서 땅의 중심을 뚫고 가라앉고 있는 느낌으로 이루어져 있다. 의자들은 무게에 눌려 가라앉는다.

그런 다음 하늘은 감지할 수 있을 정도로 빛깔을 잃고 별이 군데군데에 발화지점을 만든다. 그런 다음 낮에는 보이지 않던 연이어 오는 변화들은 질서를 명백하게 하기 위함인 것으로 보인다. 우리는 구경꾼들이고 또한 야외극에서 수동적인 참여자들이라는 것을 깨닫게 된다. 그리고 어떤 것도 그 질서에 개입할 수 없기에, 우리는 받아들일 수밖에, 지켜볼 수밖에 없다. 이제 꾸준하지 않은, 누군가는 불꽃이 맞는지 미심쩍어할 정도로 잠깐씩 일다가 마는 약한 불꽃이 들판을 가로질러 온다. 이제 등불을 밝혀야 할까, 농부들의 아내들은 이렇게 말하고 있다. 좀 더 잘 보일까? 등불은 맥없이 주저앉았다가 활활 타오른다. 모든 의심은 끝난다. 그렇다, 모든 오두막과 모든 농장에서 등불을 밝힐 때가 왔다. 그리하여 순간은 이렇게 피할 길 없는 침몰과 비행과 등불로 이렇게 여기저기 수놓아져 있다.

그러나 그것은 순간이 한층 더 넓어지는 원주이다. 여기 그 중심에는 한 무리의 의식이 있으며, 하나의 핵은 네 개의 머리, 여덟 개의 다리, 여덟 개의 팔, 네 개의 별개의 몸뚱이들로 나뉘어져 있다. 그들은 태양과 올빼미와 등불의 법칙에 구애받지 않는다. 그들은 그것을 거든다. 때로는 한 손을 테이블 위에 올려놓고 있고, 때로는 다리를 꼬고 있다. 이제 순간은 입에서 날아가게 하는 비상한 화살로 쏘는 것이 된다.—사람들이 말할 때이다.

"그는 건초를 잘 만들 거야."

무심코 입 밖으로 나온 그 말은 씨가 되었을 뿐 아니라 또한 선명하지 않은 얼굴과 입, 그리고 담배를 아주 특색 있게 쥐고 있는 손에서 나오면서 이제 불현듯 건초더미에 대한 생각에 이른 다음 마음의 온 지붕에 퍼지는 향기처럼 그 향내와 풍미가 폭발한다. 그들을 모호하게 감싸고 있는 젊음의 자신감뿐 아니라 성급한 욕망, 칭찬, 확신도 무심코 입 밖으로 나온다. 만약 그들이 "하지만 당신은 많은 사람들보다 나빠 보이지 않아. 다른 사람들과 다르지 않으니까 사람들이 콕 집어서 당신을 비웃지는 않을 거야"라고 한다면, 그는 다른 사람의 동기를 못 본 체하는 데서 나오는 악의를 품고 그 순간 아주 의기양양해 하면서 볼품없이 폭소를 터뜨리게 해야 하며, 그들이 감추는 것을 보고 있어야 하며, 누군가는 편을 들게 해야 한다. 그는 성공할 수도 있고 그렇지 않을 수도 있을 것이다. 자, 그렇다면 이 성공은 나의 패배를 의미할까, 그렇지 않을까? 그 순간에 터져 나오는 이 모든 것은 악의와 재미로 전율을 일으키게 하며, 주시하고 비교하고 있다는 느낌이 들게 한다. 그리고 전율은 해안가에 가 닿으며, 올빼미가 날개를 활짝 펼쳐 날아갈 때 우리도 이런 판단과 감시를 멈추고 우리의 날개를 활짝 펼쳐 땅 위를 날아가면서 애욕적이고 순결하게 날개를 접고 잠들어 있는 것, 졸고 있는 것, 광활한 어둠 속에서 팔을 쭉 펼쳐 엄지손가락을 빨고 있는 것들을 고요히 살펴보면 한숨이 날아갈 것이다. 우리도 올빼미처럼 넓은 날개로 유유히 날 수 없을까. 모두가 하나의 날개가 되어, 모두를 아우르고 모두를 끌어모아, 이러한 울타리 너머의 경계선을 이렇듯 탐색해 숨겨진 구획의 갖가지 색채를 날개로 붓칠하여 단 하나의 색채로 모두 쓸어모을 수 없을까? 그리하여 찾아간 눈부시고 위풍당당한 정상에서 등을 대고 벌거벗고 누운 채 저 높은 곳에서 떠오르는 달의 차가운 빛을 온몸으로 맞으며 오직, 단 하나, 홀로, 우리 위로 우뚝 솟은 달이 떠오르는 모습을 바라볼 수는 없을까?

아, 그래, 우리가 날 수 있다면, 날 수, 날 수 있다면……. 이 시점에 육체는 단단히 붙들려 있고, 덜덜 떨리며, 목은 뻣뻣해진다. 또 콧구멍은 얼얼하고, 테리어 개가 물고 흔드는 쥐처럼 재채기가 나오며, 온 우주가 흔들리고, 산, 눈, 초원, 달이 뒤죽박죽 뒤섞여 아래위가 뒤집히며 작은 파편들이 날아다닌다. 그리고 머리가 위아래로 홱홱 젖혀진다. "건초열은─얼마나 요란하게 재채기하는지!─치료법이 없다니까. 풀을 말리는 시기에 배 위에서 보내는 것 말고는 말이야. 질병에 걸린 것보다 더 지긋지긋할 거야. 여름철 내내 줄기차게 오가면서 한 일이긴 했지만 말이야."

아래로 휘어진 나무 아래 기댄 채 흑백의 엷은 막 속에서 긴 형체의 하얀 팔에서 나오는 조롱하는 투의 그 목소리에 깜짝 놀라 몸을 부르르 떠는 테리어 개에게 나무의 일부인 양 구불구불 거침없이 이어지는 목소리는 그 자체가 얼마나 무의미한지를 드러낸다. 이제는 설원의 일부도 아니고 산의 일부도 아니며, 다른 인간들에게 조금도 공경받을 만한 것도 아니다. 우스꽝스러운 작은 사고일 뿐으로 비웃음을 사고 차별 대우를 받아야 하며, 재채기가 나오고, 계속해서 재채기가 나오기에 명백히 판단과 비교 대상에서 배제되어 보인다. 그리하여 순간 속으로 자기주장을 슬쩍 집어넣는다. 아, 다시 재채기가 나온다. 재채기하려는 욕망이 확실하다. 능숙하다. 사람들이 들을 수 있도록 한다. 동정심을 받지는 못하더라도 무언가 중요한 사람이라고 느끼게 한다. 어쩌면 그곳에서 달아나기 위한 것일 수도 있다. 하지만 그렇게는 안 된다. 또 다른 형체가 또 하나의 섬세한 실타래에서 화살을 쏘았다. "내 베팩스* 갖다줄까?" 관찰자이고 식별자인 그녀는 항상 다른 경우를 염두에 두고 있기에 어떤 특별한 경우에도 특이한 것이 없다. 그녀는 터무니없는 언행에 뛰어들려고 하지 않는다. 게다가 아주 회의적이라 기적을 믿지 않는다. 헛된 노력을 본다. 그렇다면 어쩌면 여기서 시도해 보는 것이 좋을지도 모른다. 눈앞을 가로막는 거대함으로부터 실상을 분리한다면 거기에 있는 것을 한층 더 명확하게 볼 수 있을 것이다. 속아 넘어가서는 안 된다. 그러나 명확하게 식별하는 와중에

*감기나 축농증, 건초열로 인한 코막힘을 완화하는 데 도움을 주는 태국산 약품.

도 약간의 도량을 보여준다. 그렇기에 그 순간은 더욱 힘들게 되고 격해지고 폄하되어 사적인 기운으로 표현된 것들에 의해 더럽혀지기 시작한다. 사랑받고 싶은 욕망과 더불어 또 다른 형체 곁에 꼭 붙어 있고 싶은 욕망, 어둠의 장막을 잠시 걷어내고 불타오르는 눈동자들을 보고 싶은 욕망에 붙들리는 것이다.

그때 성냥이 하나 그어진다. 그 속에서 푸른 눈동자의 햇볕에 그을린 야윈 얼굴이 나타나고, 성냥을 끄면서 화살이 날아간다.

"그는 토요일마다 그녀를 때려. 지루해서겠지. 술 때문이 아니야. 달리 할 게 아무것도 없거든."

순간은 기울어진 널빤지 위의 수은주처럼 오두막 거실로 흘러 들어간다. 식탁 위엔 찻잔 따위들이 있고, 등이 높은 단단한 나무의자들이 있으며, 선반 위엔 장식용 차통들이 있다. 유리갓 밑에는 훈장이 있고, 채소를 찌는 냄비에서는 김이 모락모락 피어오른다. 두 아이가 마루 위를 기어 다니고 있다. 리즈가 들어와 존의 곁을 슬며시 피해 달아날 때 존이 그녀의 머리채 한쪽을 붙잡아 내리친다. 그녀의 머리가 지저분하게 풀어 헤쳐지고 머리핀 하나가 금방이라도 떨어질 것처럼 툭 튀어나와 있다. 그리고 그녀는 만성적인 동물의 방식으로 신음한다. 아이들은 고개 들어 올려다본 다음 깃발을 가로지르며 뒤쫓는 엔진을 흉내 내려고 시끄러운 경적 소리를 낸다. 존은 쿵 소리를 내며 식탁에 앉아 빵 한 덩이를 잘라 우적우적 먹는다. 달리 해야 할 일이 없기 때문이다. 양배추 조각에서 김이 모락모락 올라온다. 자, 이제 우리 무언가를 하자. 이 견딜 수 없는 부엌의 이 누추함을 번들번들하게 비추는 이 정말 같이 번쩍이는 순간, 이 소름 끼치는 순간을 끝장낼 무언가를 하자. 신음하고 있는 이 여자, 덜커덩거리는 깃발이 달린 장난감, 우적우적 먹고 있는 남자를 끝장낼 무언가를. 성냥을 부러뜨려 박살내 버리자. 자, 딱ㅡ.

그런 다음 들판에서 소들이 낮게 우는 소리가 들려온다. 들판 왼쪽에서 또 다른 소가 응답한다. 그리고 소들은 모두 들판을 가로질러 평온하게 움직이고, 올빼미가 후후 후 우는 소리가 희미해지는 것 같다. 그러나 태양은 땅 아래 깊이 있다. 나무들은 점점 더 짙어지고 시커메지고 있다. 어떤 질서도 감지할 수 없다. 이러한 울부짖음, 이러한 움직임 속에는 순서가 없으며, 육신이 없는 것에서 나온다. 그들은 사방팔방에서 울부짖는다. 아무것도 보이지 않는다. 우리는 우리 자신을 시체와 같은 조각상으로서 그 윤곽만을 볼 수 있을 뿐이다. 목소리가 이 어둠을 뚫고 나가는 것은 한층 더 어렵다. 어둠은 화살에서 깃털을 떼어버렸다.─가늘게 떠는 화살이 우리를 관통하면서 핏발선 전율을 일으킨다.

그러자 공포와 환희가 찾아온다. 아무도 알아채지 못하게 홀로 뛰쳐나가 다 소진시켜 버릴 힘, 제멋대로 부는 바람의 기수가 되기 위해 휩쓸려 가버릴 힘, 굴러떨어지기도 하고 꼴을 찾기도 하면서 말의 갈기는 뒤로 휘날리고, 가볍게 바람을 제치며, 바람을 밟아 뭉개고 위잉 울리며, 이동할 목적지도 없이 어디라도 관계없이, 언제까지나 말을 타고 전속력으로 달리는 사람은 눈 없는 어둠의 일부가 되고, 끊임없이 잔물결을 일으키게 되고, 척추까지 치달은 영광이 사지로 내려와 두 눈이 눈부시게 환히 타오르며, 휘몰아치는 거센 바람을 뚫고 나아가는 힘을 느낀다.

"다 흠뻑 젖었어. 풀잎에 이슬이 맺혔어. 안으로 들어갈 시간이야."

그런 다음, 하나의 형체가 끙 하고 갑자기 벌떡 일어나며, 우리는 외투자락을 끌면서 오솔길을 따라 내려가 나뭇가지 뒤에서 희미하게 빛나는 불 켜진 창문 쪽으로 가 문으로 들어간다. 우리를 둘러싸고 네모난 선이 그어진 이곳에는 의자 하나, 탁자 하나, 유리잔 몇 개, 칼 몇 자루가 있으며, 그리하여 우리는 가두어지고 갇혀진다. 그리고 얼마 안 가 소다수 한 모금을 필요로 할 것이고 침대에서 읽을 거리를 찾아낼 것이다.

질병에
관하여

왜 작가들은 마음과 생각에 대해서만 글을 쓰는 것일까? 왜 몸에 관해서는 쓰지 않는 것일까? 울프의 질문은 바로 이 지점에서 시작된다. 질병은 엄청난 "정신적 변화"를 초래하는 소모적인 개인적 경험인데도 "왜 문학의 주요 주제들 사이에서 사랑과 전쟁과 질투의 자리를 대신하지 않는 것일까." 울프는 다양한 질환으로 고통받는 것이 낯설지 않았다. 독감, 폐렴, 또 어떤 이들은 "지친 심장"이라고 불렀던 여러 증상을 여러 번 앓았다. 1925년, 마흔두 살에 이 글을 쓸 당시 그녀는 여러 차례 정신병원을 드나들었으며, 실제로 침상에 누워있는 동안 썼다. 저명한 영문학자인 허마이어니 리는 이 글을 쓰던 당시 울프가 "만성적인 열병 혹은 결핵성 질환"을 앓았을 거라고 추측한다. 병명이 무엇이든 간에 결국엔 자살을 초래한 정신적 불안의 일부인 우울증을 동반하는 열병과 두통에 평생 시달린 것만은 분명하다. 이 글을 통해 울프는 질병에 관한 대중적 담론에 개인적인 기여를 했다. 이 짧은 글이 끝나갈 무렵, 울프는 질병이 어떻게 우리의 독서 습관을 바꾸는지에 관해 논한다. 산문 대신 시로 눈길을 돌리게 되는 것이다.

질병이 얼마나 흔한지, 질병이 가져오는 정신적 변화가 얼마나 엄청난지, 건강의 빛이 꺼질 때 그때서야 드러난 미지의 고장들은 얼마나 놀라운지, 인플루엔자의 가벼운 발병이 초래하는 시각의 변화가 얼마나 영혼을 황폐하고 초췌하게 만드는지, 체온이 조금만 올라가도 선명한 꽃들로 수놓아진 벼랑과 풀밭이 얼마나 모습을 많이 드러내 보이는지, 병중에서는 아득히 오래된 의연한 오크나무들이 얼마나 우리 안에서 뿌리째 뽑히는지, 우리가 이를 뺄 때 죽음의 구렁텅이로 들어가 우리 머리 위 가까이에서 절멸의 바다를 느껴 천사들과 하프 연주자들이 있는 데서 의식을 찾아야 한다는 생각에 치과의사의 팔걸이 의자에서 수면 위로 떠 오를 때 천국의 바닥에서 우리를 반기며 상체를 구부린 채 신의 인사말로 치과의사가 "입을 헹구세요, 입을 헹구세요"라고 할 때 얼마나 혼란스러운지를 생각해보라. 이러한 것들에 대해 생각해보면—숱하게 생각할 수밖에 없기에—질병이 문학의 주요 주제들 사이에서 사랑과 전쟁과 질투의 자리를 대신하지 않았다는 것은 정말이지 이상하다. 사람들은 소설들이 인플루엔자를 주제로 다루며 장티푸스에 관한 서사시를 쓰고 폐렴에 송가를 바치고 치통에 서정시를 바쳤을 거라 생각할 것이다.

그러나, 그렇지 않다. 몇 가지 예외가 있긴 한데, 한 예로 드 퀸시*가 『어느 아편 중독자의 고백』에서 그와 같은 것을 시도하긴 했었다. 프루스트의 작품 한두 권에서 몇 페이지에 걸쳐 산발적으로 병에 관한 이야기가 나오는 것이 그나마 문학이 병에 최대한 마음을 쓰고 있다는 증거이다. 즉, 육체는 영혼이 똑바르고 선명하게 보이는 투명한 유리 한 장이며, 욕망이라든가 탐욕과 같은 한두 가지 열정을 제외

---

*Thomas De Quincey(1785~1859). 영국의 소설가 · 평론가. 『어느 아편 중독자의 고백』은 그의 출세작으로 아편중독자인 자신의 경험을 엮어 아편이 주는 몽환夢幻의 쾌락과 매력, 그 남용에 따른 고통과 꿈의 공포를 이야기하였다.

하고는 무시해도 될 정도로 존재하지 않는 것이다. 그와는 반대로, 정확히 그 반대가 진실이다. 하루 종일, 밤이고 낮이고, 육체는 개입한다. 무디기도 하고 날카로워지기도 하면서, 채색되기도 하고 변색되기도 하면서, 6월의 온기 속에서 윤기가 흐르기도 하고 2월의 암흑 속에서 소기름처럼 굳기도 한다. 내면의 생명체는 더러운 얼룩이 져 있든 발그레한 장밋빛이든 유리를 통해서만 바라볼 수 있다. 육체와 영혼은 칼의 칼집이나 완두콩의 꼬투리처럼 단 한순간도 떼어놓을 수 없다. 더위와 추위, 편안함과 불편함, 굶주림과 포만감, 건강과 질병의 끝도 없는 변화의 과정을 온전히 겪어야 하며, 그러다 비로소 불가피한 재앙이 온다. 육체는 그 자체를 산산이 부수고 영혼은 달아난다.(고 한다.)

그러나 매일매일 일어나는 이 모든 육체의 드라마에 관한 기록은 없다. 사람들은 언제나 마음이 하는 일에 관해 쓴다. 마음에 와닿는 생각들, 마음에 품은 고결한 계획들, 마음이 어떻게 우주를 문명화시켰는지에 관해 쓴다. 사람들은 철학자의 작은 탑 속에서 육체를 무시하거나, 정복이나 발견을 쫓아 설원과 사막 지역을 가로지르며 낡은 가죽

축구공처럼 육체를 발로 차버리는 모습을 보여준다. 열병이나 우울증이 급습해 고독한 침실에서 노예가 된 육체가 마음과 맞서 벌이는 위대한 전쟁에 사람들은 관심도 없다. 그 이유 역시 찾기 어렵지 않다. 이러한 것들을 정면으로 바라보기 위해서는 사자 조련사의 용기와도 같은 게 필요할 것이며, 군건한 철학과 땅속 깊이 뿌리내리고 있는 이성을 필요로 할 것이다. 육체라는 이 고통의 괴물에 기적이 일어나지 않는 한 우리는 얼마 안 가 신비주의로 폭이 점점 좁아질 것이며, 빠르게 날개를 퍼덕거려 초월주의의 황홀경 속으로 솟아오를 것이다. 대중들은 인플루엔자를 주제로 다루는 소설이 줄거리가 부족하다고 말할 것이다. 그 안에 사랑이 없다고 불평할 것이다. 하지만 부당하다. 질병은 종종 사랑을 가장한 모습을 취하며, 사랑과 똑같이 기묘한 농간을 부리기 때문이다. 질병은 어떤 얼굴들에게 신성함을 부여하여 몇 시간이고 삐걱거리는 계단에서 귀를 쫑긋 세운 채 기다리게 하며, 고인의 얼굴에 새로운 의미를 부여하여 (아주 건강해 보이는데 하늘도 무심하시지!) 화환으로 장식하는 한편, 마음은 그들에 관한 수많은 전설과 일화를 지어내지만 건강 문제와 관련해서는 그런 일화를 지어낼 시간도 취향도 없다. 결국 문학에서 질병에 대한 묘사를 하지 못하게 방해하는 것은 언어의 빈곤 때문이다. 영어는 햄릿의 생각과 리어왕의 비극을 표현할 수는 있지만 오한과 두통을 표현할 수 있는 단어가 없다. 모두 한쪽 방향으로만 성장했다. 한낱 여학생에 불과할지라도 사랑에 빠지면 셰익스피어나 키츠를 통해 자신의 마음을 이야기한다. 하지만 고통에 시달리는 사람에게 머릿속 통증을 의사에게 자세히 설명해보라고 하면 그 즉시 언어가 고갈되어 버린다. 그를 위해 이미 만들어진 언어는 아무것도 없다. 그는 스스로 새로운 단어를 만들어낼 수밖에 없으며, 한편으로는 고통을 참고 다른 한편으로는 특정한 형태가 없는 단순한 소리만을 내뱉을 수밖에 없다.(태초에 고대 바빌론의 사람들이 그랬을 것처럼 말이다.) 그래서 단어들을 함께 으스러뜨려 급기야 새로운 단어가 떨어져 나가도록 한다. 아마 꽤나 우스꽝스러울 것이다. 영국에서 태어난 사람 중에 그 누가 언어를 제멋대로 고칠 수 있을까? 우리에게 영어는 신성불가침한 것이며 따라서 사멸할 운명을 타고난 것이다. 고어의 배치보다 새로운 말을 만들어내는 데 특별한 재능이 있고 또 그것을 훨씬 더 행복해하는 미국인들이 우리를 도우러 와서 샘솟게 하지 않는다면 말이다. 그럼에도 우리에게 필요한 것은 보다 원초적이고 보다 감각적이고 보다 외설적인 새로운 언어일 뿐만 아니라 새로운 열정의 계급구조이다. 사랑은 40도의 펄펄 끓는 체온에 맞추어 물러나야 하며, 질투는 좌골신경통의 극심한 고통에 자리를 내주어야 하며, 불면증은 악당의 역할을 하고, 영웅은 달콤한 맛을 가진 투명한 액체가 되어야 한다.─나방의 눈과 깃털로 뒤덮인 발을 가진 막강한 왕자, 그중 한 명의 이름은 클로랄*이어야 한다.

다시 병자에게로 돌아가 보자. "난 인플루엔자로 침대에 누워 있어." 하지만 그 엄청난 경험을 무슨 수로 전달할 것인가. 세상이 어떻게 그 형체가 바뀌었는지를, 사업의 방편이 점점 멀어지는 것을, 축제 소리가 먼 들판을 가로질러 들려오는 회전목마 소리처럼 몽환적이 되는 것을, 친구

*알코올에 염소를 작용시켜서 얻는 무색유상의 액체로 최면제나 마취제, 진정제로 쓰인다.

들이 변하여 어떤 이는 낯설게 아름다운 모습으로 꾸미고 또 다른 이들은 두꺼비가 쪼그려 앉은 것처럼 기형적으로 변한 모습을 이렇게 전할 것인가. 그에 반해 온 삶의 풍경은 먼 바다의 배에서 보는 해안처럼 아득히 멀리 떨어져 있으며, 그는 지금 정점에 달하여 사람이나 신의 도움을 필요로 하지 않으며, 이제는 하녀에게 보란 듯이 걷어차여 마룻바닥에서 무기력하게 기어 다니는 것을 어찌 전할 것인가. 그 경험은 전해질 수도 없고, 이렇듯 말도 못 할 정도의 일들이 항상 그런 식이듯 그 자신의 고통은 친구들의 마음속에서 지난 2월에 아무도 슬퍼해 주는 사람이 없이 지나갔던 그들의 인플루엔자, 그들의 아픔과 고통에 대한 기억만을 일깨우는 데 일조할 뿐이다. 그리고 이제 신의 동정심을 구하며 절망에 빠진 채 목 놓아 울부짖는다. 하지만 동정심은 우리가 가질 수 있는 것이 아니다. 운명의 여신은 단호하게 거절한다. 이미 슬픔의 무게에 짓눌려 있는 그녀의 자식들이 그 무거운 짐 또한 떠맡기로 되어 있다면 상상 속에서 그들 자신의 다른 고통까지 더해지면서 그 짐을 더 이상 쌓아 올리려 하지 않을 것이다. 길은 점차 좁아지다가 풀섶길이 될 것이며, 음악이라든가 그림과 같은 것은 마지막이 될 것이며, 깊은 한숨만이 천국에 가 닿을 것이며, 사람들을 향한 태도는 오로지 공포와 절망 따위가 될 것이다. 현 상황에서는 언제나 심란한 마음이 좀 다른 데로 쏠리게 마련이다. 병원 모퉁이에 있는 손풍금 연주자나, 감옥이나 구빈원을 지나칠 때 유혹하기 위한 자질구레한 장신구나 책이 있는 가게나, 늙은 거지의 상징적인 불행이 추악한 고통으로 되는 것을 막아주는 개나 고양이의 우스꽝스러운 짓으로 시선을 돌리게 되는 식이다. 그렇게 해서 메말라버린 슬픔의 상징들인 고통과 단련의 막사에 막대한 동정심을 베풀어 달라는 부탁은 불안하게 다음 기회로 발을 끌며 물러나 버린다. 요즘에는 주로 낙후자들과 실패자들, 여성들이 동정심을 베푸는데 (세상에서 쓸모가 없는 그들에게는 참 이상하게도 새로움과 무질서가 나란히 존재하며) 경주에서 대부분 탈락해 온 여성들은 아무런 이득도 없는 외유에 보낼 시간이 있다. 예를 들어, 퀴퀴한 냄새가 나는 병실 난롯가에 앉아있는 C. L.*은 냉철하면서도 상상력이 풍부한 솜씨로 난로망, 빵 한 덩이, 램프, 거리의 손풍금, 긴 앞치마와 분방한 행동에 대한 온갖 미신과도 같은 이야기들을 만들어내며, 성급하면서도 도량이 넓은 A. R.은 코끼리거북이가 당신을 위로해 준다든지 테오르보**가 당신을 기운 나게 해줄지 모르겠다고 하면 런던의 시장을 샅샅이 뒤져 날이 지기 전에 어렵사리 구해 종이에 싸가지고 온다. 비단과 깃털로 장식한 옷을 입은 경박한 K. T.는 왕실에서 열리는 연회에 가려는 듯 (오랜 시간에 걸쳐) 분을 바르고 화장을 하여 병실의 음울함을 온통 환하게 밝히는 데 보내며, 약병들의 소리가 울려 퍼지게 하고 잡담을 늘어놓거나 흉내를 내면서 열기를 더한다. 하지만 그러한 바보짓들은 이제 끝났다. 문명은 다른 목표를 가리키고 있다. 그렇다면 코끼리거북이와 테오르보가 놓여있을 곳은 어디가 될까?

고백해보자. (병을 앓는다는 것은 엄청난 고백이며) 질병에는 어린아이 같은 유치한 솔직함이 있다는 점을. 즉, 건강에 대한 조심스러운 존중심이 숨겨진 말들이 무심결

*여기에 나오는 C. L.과 A. R., K. T.는 모두 신원미상이며 가공의 인물로 여겨진다.
**17세기경의 두 개의 긴 목이 있는 현악기.

에 불쑥 튀어나오는 것이다. 예를 들어 동정심에 관해 보자. 우리는 동정심 없이도 지낼 수 있다. 인간은 공통의 욕구와 두려움으로 단단히 묶여져 있어 신음소리를 낼 때마다 메아리침으로써 한 사람이 다른 사람의 팔목을 홱 잡아채게 되어 있다는 세상에 대한 착각은 당신의 경험이 아무리 기이한 것일지라도 다른 사람 역시 이미 경험해 본 것이며, 당신이 마음속에서 아무리 끝간 데까지 가보았더라도 누군가는 이미 당신보다 앞서 가본 적이 있는 곳으로, 결국엔 모두가 착각일 뿐이다. 우리는 다른 사람들의 영혼은 말할 것도 없고 우리 자신의 영혼도 알지 못한다. 인간은 쭉 펼쳐진 길 전체를 서로 손에 손잡고 함께 가지 않는다. 저마다 자신만의 원시림이 하나씩 있으며, 새들이 발자국조차 떼어 놓지 않은 설원이 하나씩 있다. 그곳에서 우리는 홀로 가며, 그렇게 하는 것이 더 좋다. 언제나 동정심을 받는다는 것, 언제나 동반자가 있다는 것, 언제나 이해받는다는 것은 참을 수 없는 일일 것이다. 그러나 건강할 때는 계속해서 상냥한 척해야 하고, 의사소통을 위하여, 문명화를 위하여, 공유를 위하여, 사막을 일구기 위하여, 토착민을 가르치기 위하여, 낮에는 함께 일하고 밤이 되면 즐겁게 놀기 위하여 계속해서 새로이 노력을 기울여야 한다. 병이 들면 이러한 가장은 중단된다. 곧장 침대를 필요로 하거나 한 의자의 쿠션들 사이에 깊숙이 몸을 파묻고 발은 바닥에서 겨우 3센티미터 정도 위에 있는 또 다른 의자 위에 올려놓기에 군대의 군인들처럼 꼿꼿한 자세로 서는 것이 중단된다. 탈영병들이 되는 것이다. 사람들은 전쟁터로 진군한다. 우리는 나뭇가지들과 함께 시냇물 위에서 둥둥 떠가며, 풀밭에서 낙엽들과 함께 아무것도 책임질 필요 없이 어떤 것에도 관심을 둘 필요 없이 어지러이 이리저리 뒹군다. 어쩌면 몇 년 만에 처음으로 주위를 둘러보거나 고개 들어 올려다보는 것일 게다.—이를테면 하늘을 보는 것, 말이다.

그 예사롭지 않은 광경에 대한 첫인상은 이상하게도 압도한다는 것이다. 보통 언제까지나 하늘을 바라보는 것은 불가능하다. 많은 사람들이 있는 데서 하늘을 응시하는 사람 때문에 보행자들은 가던 길을 방해받아 어리둥절할 것이다. 하늘에서 우리가 낚아챌 수 있는 것은 인간을 위한 배경 역할로서 비가 올지 화창할지를 보여주는 하늘이 굴

뚝들과 나뭇가지들로 메워진 창문을 황금빛으로 바른 교회들에 의해 훼손되었다는 것과, 가을철 광장의 부스스한 가을철 플라타너스에 대한 연민을 완성하는 것이다. 자, 이제 누운 채 똑바로 올려다보고 있는 하늘은 이와는 무척 다른 것으로 밝혀져 약간 충격적이다. 그런데 이것은 우리가 모르는 사이에 내내 계속되어 온 것이었다! 이 끊임없이 형체를 이루며 아래로 드리우는 하늘, 이 구름들과 함께 싸우는 하늘, 북쪽에서 남쪽으로 일련의 배들과 마차들을 어마어마하게 끌고 가면서 이 끊임없이 양지와 음지의 장막을 위아래로 에워싸는 하늘, 이 황금빛 햇살과 푸른 그림자로 끝없이 계속되는 실험을 하여 태양을 가리기도 하고 드러내기도 하며 단단한 성벽을 두르기도 하고 공중에서 유유히 퍼져나가게도 하는 하늘. 얼마나 무수한 마력을 허비하는지는 하늘만이 아는 이 끝도 없는 활동은 해가 가고 올 때마다 일할 의지를 남겨놓는다. 그 사실은 실로 지적과 견책을 요구하는 것으로 보인다. 누군가가「타임스」에 써야 마땅하지 않을까? 어떻게든 쓸 궁리를 해야 한다. 이 거창한 영화가 영구히 빈 집에서 상영되도록 내버려

두어서는 안 된다. 그러나 조금만 더 지켜보면 또 다른 감정이 시민의 피 끓는 열정을 삼켜버린다. 성스럽게 아름다운 하늘은 성스럽게 무정하기도 하다. 무궁무진한 자원이 인간의 쾌락이나 인간의 이익과는 아무 상관없는 목적을 위해 사용된다. 만약 우리가 뻣뻣하게 엎드려 있다면 하늘은 여전히 황금빛 햇살과 푸른 그림자를 실험하고 있을 것이다. 아마도 그때, 우리가 아주 작고 가깝고 낯익은 것을 내려다본다면 동정심을 찾을 수 있을 것이다. 장미를 살펴보자. 우리는 흔히 꽃병에서 활짝 피어 있는 장미를 보며 절정기의 아름다움과 자주 연결시키기에 땅속에서 오후 내내 고요히 또 한결같이 장미가 어떻게 서 있는지를 잊어버린다. 장미는 땅속에서도 완벽한 위엄과 침착함을 유지하고 있다는 것을.

꽃잎이 붉게 달아오르는 것은 비길 데 없이 올바른 것이다. 이제 어쩌면 의도적으로 꽃잎이 하나 떨어진다. 이제 숟가락으로 체리주스를 휘저어 놓은 듯 두툼하고 매끄러운 연육으로 덮인 자줏빛과 크림색의 꽃잎들이 모두 떨어진다. 교회의 성직자 같은 글라디올러스, 달리아, 백합도 떨어진다. 살굿빛과 호박빛이 도는 마분지 같은 것이 달린 단정한 꽃들은 모두 산들바람이 불어오는 쪽으로 살랑살랑 고개를 돌린다.─얼굴이 무거운 해바라기만 제외하고는 모두가 말이다. 해바라기는 자긍심을 갖고 한낮의 태양을 인정한다. 어쩌면 한밤중에는 달을 퇴짜 놓을 것이다. 꽃들은 거기에 서 있다. 인간이 벗으로 삼은 모든 것들 중에서 가장 고요하고 가장 자부심이 강한 것이 이 꽃들이다. 꽃들은 열정을 상징하고 축제를 장식하며 (마치 꽃들도 슬픔을 안다는 듯) 고인의 머리맡에 놓여진다. 참으로 놀라운 이야기인데, 시인들은 자연에서 종교를 발견했다. 사람들은 식물에게서 미덕을 배우려고 시골에 산다. 식물이 위로를 주는 것은 무심함 때문이다. 사람이 발을 디디지 않은 마음의 설원에는 구름이 찾아오고 떨어지는 꽃잎이 입을 맞추며, 또 다른 영역에서는 수많은 교황들이나 수많은 밀턴들처럼 위대한 예술가들로서 우리를 생각해서가 아니라 우리를 잊어버림으로써 우리에게 위안을 준다.

한편, 아무리 하늘에 무관심하거나 꽃을 업신여길지라도 개미나 벌과 같은 영웅주의를 가진 직립한 군대는 전쟁터로 진군한다. 존스 부인은 기차를 잡아탄다. 스미스 씨는 자동차를 수리한다. 소들은 젖을 짜기 위해 집으로 내몰린다. 남자들은 지붕을 잇는다. 개들은 컹컹 짖는다. 나뭇잎 그물망 속에서 솟아오르는 떼까마귀들은 느릅나무의 그물망 속으로 떨어진다. 생명의 물결이 지치지도 않고 세차게 몸을 내던진다. 자연이 감추려고 전혀 애쓰지 않는다는 것을 아는 것—마지막에는 자연이 이길 것이며, 더위는 물러날 것이며, 하얗게 서리가 내리면 우리는 들판 주위에서 고되게 움직이는 것을 그만둘 것이고, 공장과 엔진 위에는 얼음이 두껍게 얼 것이며, 태양은 꺼진다는 것을 아는 것은 결국엔 누워 있는 자만이다. 설령 그렇다 할지라도, 온 대지가 미끄러운 얼음장으로 덮여 있을 때에도 파도 모양의 고르지 못한 지면은 아주 오래된 정원의 경계를 표시할 것이며, 그곳에서 별빛을 받으며 의연하고 흔들림 없이 고개를 밀치며 장미가 꽃을 피우고 크로커스가 불타오를 것이다. 그러나 우리 안에 여전히 있는 삶의 낫을 들고 우리는 여전히 꿈틀거리며 가야만 한다. 반질반질한 흙더미 무덤에 뻣뻣한 채로 평온하게 있을 수는 없다. 누워 있는 사람조차도 발가락 주위가 언다는 상상을 하면 벌떡 일어나 발을 쭉 펴서 천국이나 불멸과 같은 보편적인 희망을 부여 잡으려 것이다. 확실히 사람은 긴 세월에 걸쳐 바라왔듯이 앞으로도 무언가가 존재하기를 바랄 것이다. 즉, 발은 그곳에 자리 잡고 서 있을 수 없을지라도 마음이 쉴 수 있는 푸른 섬이 있기를 바랄 것이다. 인류가 협동해서 만들어낸 상상력이 견고한 윤곽을 그려냈음에 틀림없다. 하지만 그렇지 않다. 어떤 사람은 「모닝포스트」를 펼쳐 리치필드의 주교가 천국에 관해 쓴 글을 읽는다.* 어떤 사람은 몹시 으스스한 날 비가 오는 들판에서 호화로운 성당으로 줄지어 가는 신자들을 지켜본다. 성당에서는 램프들이 타오를 것이며, 종소리가 울려 퍼질 것이며, 아무리 바깥에서 낙엽들이 이리저리 휘날리고 바람이 한숨짓듯 산들거려도 내면에서 희망과 욕망은 믿음과 확신으로 바뀔 것이다. 그들이 평온해 보일까? 두 눈동자가 지고의 확신의 빛으로 가득차 있을까? 과연 그중 한 명이 비치곳#**의 천국으로 곧장

---

*당시 리치필드의 주교는 John Augustine Kempthorne(1864~1946)이었고, 「모닝포스트」지는 1772년에 창간되어 1937년에 「데일리텔레그라프」지에 흡수되었다.

뛰어내릴 수 있을까? 얼간이 외에는 아무도 그러한 질문을 하지 않을 것이다. 소수의 신도 일행은 몸을 질질 끌며 느릿느릿 가다가 뒤처진다. 어머니는 지쳐 있고, 아버지는 피곤하다. 천국을 상상하는 일에 관해서라면 그들은 상상할 만한 겨를이 없다. 천국을 만드는 일은 시인들의 상상력에 맡겨두어야 한다. 그들의 도움 없이는 우리는 하찮은 상상 밖에 할 수 없다. 피프스***는 "천국"에서 유명한 사람들과 백리향 다발에 관해 이야기한 내용을 간략하게 알려주고 는 곧이어 우리의 친구들처럼 지옥에 머물렀던 것과 같은 뒷이야기에 빠지는데 가뜩이나 더 안 좋은 것은 다시 지 상으로 되돌아와—선택하는 데는 아무런 문제가 되지 않기에—페리클레스 시대나 아서왕 시대, 샤를마뉴 대제 시대나 조지 4세 시대****의 화려한 도시나 외딴 황야지대에

**잉글랜드 이스트서섹스의 해안에 돌출한 곳으로 171미터에 달하며 백악질의 절벽은 자살 장소로 악명 높다.

***Samuel Pepys(1633~1703). 영국의 정치가이자 일기 작가. 1660년부터 1669년까지 매일 일기를 썼는데 왕정복고 때의 궁정의 분위기, 항해 사정뿐만 아니라 관극觀劇ㆍ사교ㆍ여성 관계 등도 솔직히 기술되어 있어, 당시의 풍속을 연구하는 좋은 자료가 되고 있다. 그의 일기에는 몇 차례에 걸쳐 천국에 관한 짧은 이야기가 나온다.

****Pericles(495?~429 B.C.)는 아테네의 황금시대를 이끌었던 장군ㆍ정

서 어떤 때는 남자로, 어떤 때는 여자로, 선장으로, 궁녀로, 황제나 농부의 아내로 거듭해서 태어나는 것을 선택할 수 있으며, 유아기에서 청년기까지의 삶이 거듭되다가 이윽고 "내"가 그 삶을 금할 수 있다고 한다. 하지만 바라는 대로 변경할 수만 있다면 "나"는 천국 또한 찬탈하지 않을 것이며, 이곳에서 윌리엄으로서 혹은 앨리스로서 우리의 역할을 담당해온 윌리엄이나 앨리스로 영원히 남는 형을 우리에게 선고할 것이다. 우리 자신에게 맡겨놓는다면 우리는 그렇듯 현세적인 생각을 한다. 우리는 우리를 위해 상상할 시인들이 필요하다. 천국을 만드는 임무는 계관시인의 작업실에 배속시켜야 한다.

정말이지 우리는 시인들에게로 시선을 돌려야 한다. 질병은 산문이 무리하게 요구하는 기나긴 전투를 할 마음이 내키지 않도록 한다. 각 장들이 휙휙 넘어가는 동안 우리는 우리가 가진 모든 능력을 발휘할 수 없으며 이성과 판단력과 기억력을 주의 깊게 유지할 수 없다. 그리고 한 장

치가. Charlemagne(742~814)는 서로마 제국 황제(800~814). George the Fourth(1762~1830)는 영국 하노버왕조 제4대 왕(1820~1830).

소에 자리를 잡으면 전체 구조—홍예문, 탑, 흉벽—가 기초를 다지고 견고하게 서 있을 때까지 다음에 올 것을 경계해야만 한다. 『로마제국 쇠망사』는 인플루엔자를 위한 책이 아니며, 『황금 술잔』*도 『보바리 부인』도 아니기는 마찬가지다. 그와 반대로—누가 아파서 침대에 누워있는 사람에게서 건강한 감각을 기대할 것이며 병약한 사람에게서 정확한 비평을 기대하겠는가?—책임을 보류하고 이성을 중지시키는 다른 취향들이 자신을 주장하는데, 그것도 느닷없고 단속적이고 강렬하게 주장한다. 우리는 시인들에게서 꽃을 강탈한다. 한두 행을 떼어내 마음속 깊은 곳에서 펼쳐지도록 한다.

그리고 저녁에 수시로
황혼의 초원을 따라 소떼를 찾아가네.**

---

*『로마제국 쇠망사』는 1776년에서 1788년 사이 에드워드 기번이 총 6권으로 출간했으며, 『황금 술잔』은 헨리 제임스(1843~1916)의 마지막 소설이다.
**존 밀턴의 「코머스Comus」(1634) 중 한 구절이다.

산줄기를 따라 소떼 무리 속에서 떠돌아다니네
느릿느릿, 마지못해 부는 바람이 길을 이끄네.*

　토머스 하디의 시 한 구절이나 라 브뤼에르**의 한 문
장에는 음미해야 할 세 권 분량의 소설이 있다. 얼핏 들여
다본 『램의 편지』***에서—어떤 산문 작가들의 글은 시인
들의 시처럼 읽히기도 하는데—"나는 피에 굶주린 시간의
살인자로 지금 당장이라도 서서히 그를 죽일 수 있다네. 하
지만 뱀이 치명적이지"라는 구절을 발견할 때의 기쁨을 누
가 설명할 수 있을까? 아니면 다음과 같은 랭보의 구절을
펼치는 것은 어떨까.

　오, 계절들이여, 오, 성城들이여!
어떤 영혼이 흠이 없으리?****

*P. B. 셸리 「사슬에서 풀린 프로메테우스」(1820) 중 한 구절.
**France Jean de La Bruyère(1645~1696). 프랑스의 대표적 모럴리스트
로 손꼽힌다.
***Charles Lamb(1775~1834). 영국의 수필가. 시인. 1150편 이상의 남아
있는 편지 중에서 180편을 묶어 1837년에 출간했다.
****「지옥에서 보낸 한철」(1872) 중 한 구절.

누가 그 매력을 이성적으로 설명할 수 있을까? 병중에서는 말이 신비로운 성질을 가진 것으로 보인다. 우리는 말이 가진 표면적 의미를 넘어서 본능적으로 소리라든가 빛깔이라든가, 강세가 어디에 있는지, 어디서 중간 휴지가 있는지 등을 파악하는데, 이는 시인이 여러 생각이 모였을 때 그 생각에 비해 말이 빈약하다는 것을 알기에 말로 표현할 수도 없고 이성으로도 설명할 길 없는 마음의 상태를 환기시키기 위하여 시 여기저기에 흐트러뜨려 놓은 것이다. 병상에 있다 보면 불가해성이 막대하게 우리를 지배한다. 그것은 꼿꼿한 자세로 서겠다는 의지보다 어쩌면 더욱 정당할 것이다. 건강할 때는 의미가 소리를 잠식해왔다. 우리의 지성은 우리의 감각에게 위세를 부린다. 하지만 병중에서는 경찰이 비번이기에 우리는 말라르메나 던*의 모호한 시라든가 라틴어나 그리스어 구절들 밑에서 살금살금 기어 다니다가 향기를 발산하고 풍미를 증류한 말의 의미를 마침내 파악하면 마치 어떤 기이한 향료처럼 미각과 후각을

*Stéphane Mallarmé(1842~1898)는 프랑스 상징주의의 대표적 시인이며, John Donne(1573~1631)은 영국의 시인 · 목사이다.

통해 먼저 감각적으로 다가오면서 그 의미가 더욱 풍성해진다. 언어가 낯선 외국인들은 우리보다 불리한 입장에 있다. 중국인은 우리보다 『안토니우스와 클레오파트라』의 어음을 더욱 잘 알아야만 한다.

무모함은 질병의 속성 중 하나이며, 우리가 셰익스피어를 읽는 데 필요한 것이—우리는 사회에서 추방당했으므로—바로 그 무모함이다. 셰익스피어의 작품을 읽으면서 꾸벅꾸벅 졸아야 한다는 게 아니라 그의 작품이 위협적이고 지루하게 만든다는 명성을 온전히 의식하고 자각하며, 또한 우리를 따분하게 하는 모든 비평가들의 모든 견해는 위대한 작가를 읽는 데 있어 만약 환상일지라도 대단히 예민하게 자극하고, 대단히 막대한 쾌락을 주고, 대단히 큰 환상을 심어주는 데 여전히 도움을 준다는 천둥과도 같은 확신을 갖고 있어야 한다는 것이다. 셰익스피어의 명성이 점점 더럽혀지고 있다. 온정주의 통치 체제가 그에 관해 쓰는 것을 금하는 것은 당연한 일로, 그의 기념비를 일필휘지로 써내려가는 손이 닿지 않는 스트래트포드에 세워놓았다. 이렇듯 비평이 활기 넘치는 데도 불구하고 사람들은 어림짐작으로 여백에 자신의 생각을 써놓는다. 하지만 누군가가 이미 이전에 그것을 언급했거나 혹은 더 잘 언급했다는 것을 알게 되면 열정은 사그라진다. 왕다운 숭고함 속에서 질병은 그 모든 것을 일축해버리고 셰익스피어와 자신만을 남겨놓는다. 그의 자만심과 우리의 교만함으로 인해 장벽은 무너지고 엉킨 문제가 술술 풀리며 머릿속에 리어왕이나 맥베스의 소리가 울리고 또 울려 퍼지며 심지어는 콜리지*마저도 저 멀리서 쥐처럼 찍찍 소리를 낸다.

자, 이제 셰익스피어에 대해서는 충분히 이야기했으니 아우구스투스 헤어**에게로 시선을 돌려보자. 질병조차도 이러한 변화를 보증하지 못한다고 말하는 사람들이 있다. 즉, 『두 고귀한 생애에 관한 이야기』의 저자인 헤어는 보즈웰***과 동년배가 아니다. 우리가 문학에서—질색하는 것은 평범한 것이기에—최고의 작품이 부족하기 때문에 최악

*Samuel Taylor Coleridge(1772~1834). 영국의 시인·비평가. 셰익스피어론을 비롯한 많은 평론으로 평론 사상의 거장의 위치를 확립했다.
**Augustus Hare(1834~1903). 이탈리아 출신의 영국 작가.
***James Boswell(1740~1795). 영국의 전기 작가. 전기 문학의 걸작이라 칭송받는 『존슨전』을 썼다.

의 작품을 좋아한다고 주장하는 것은 그중 어느 것도 가지고 있지 않다는 말일 것이다. 그래, 좋다. 관례는 정상인의 편을 들어준다. 하지만 체온이 약간 올라가서 고통받는 사람들에게 헤어와 워터포드, 캐닝*이라는 이름은 자애로운 빛줄기를 발사한다. 사실 처음 100페이지 정도는 그렇지는 않다. 두툼한 책들이 흔히 그렇듯, 우리는 과다하게 나오는 삼촌들과 숙모들 속에서 어쩔 줄 몰라 허둥대며 주저앉을 조짐을 보인다. 우리는 그러한 것과 같은 환경이 있다는 정도만 상기해야 한다. 그 대가들은 그것이 어떤 것이든 우리에게 마음의 준비를 하도록 하면서 숱하게 우리를 참을 수 없을 만큼 기다리게 한다.—그것이 놀라움이든 놀라움의 부족이든 말이다. 헤어도 뜸을 들이기는 마찬가지이다. 그 매력은 알아차릴 수 없는 사이에 우리를 사로잡는다. 서서히 우리는 거의 그 가족의 일원이 된다. 아직 완전히 가족이 되지 않은 것은 기이한 느낌이 모두 남아있기 때문이며, 로드 스튜어트 경이 방을 나설 때 가족은 실망감을 함

*하레의 『두 고귀한 생애에 관한 이야기』(1893)의 두 주인공은 캐닝의 백작부인인 샬롯과 워터포드의 후작부인인 루이자 자매이다.

께 나누고―그러면서 이야기는 계속 나아가고―다음번에 접하게 되는 것은 아이슬란드에서의 이야기이다. 결혼하기 전에 지성을 갖추고 있던 영국의 귀족들이 고유의 훌륭한 품성을 떨어트리는 게 파티라며 그는 파티들이 지루했다고 말한다. 그들은 파티들이 지루했기에 아이슬란드로 떠난다. 그때 성 건축에 열성적인 벡포드*가 그를 도발한다. 그는 영국해협을 가로질러 프랑스 성을 한 채 들어올려려 하며, 막대한 비용을 들여 하인들의 침실로 사용하기 위해 허물어가는 절벽 끄트머리에 작은 첨탑들과 탑들 또한 세워야 한다. 그래야 하녀들이 자신의 짝들이 솔렌트해협** 아래에서 헤엄치는 것을 볼 수 있기 때문이다. 스튜어트 부인은 몹시 괴로웠지만 힘든 상황에서도 나름대로 최선을 다하여 명문가 출신의 부인답게 파산을 무릅쓰고 상록수를 심기 시작한다. 한편 딸들인 샬롯과 루이자는 안개구름 속에서 손에 연필을 들고 끝도 없이 그림을 그리고 춤을 추고 추파를 던지기도 하는 등 비할 데 없이 사랑스럽

---

*William Beckford(1760~1844). 영국의 작가, 미술품 수집가. 고딕양식의 영국 건축물로 화제를 모은 폰트힐 저택을 지었다.
**영국 본토와 와이트섬 사이의 해협.

게 자란다. 그들이 퍽 두드러지지 않는다는 것은 사실이다. 당시의 삶은 샬롯과 루이자의 삶이 아니었기 때문이다. 그 것은 가족의 삶, 집단의 삶이었다. 온갖 부류의 사촌과 딸린 식구들, 늙은 하인들이 널따랗게 펼쳐진 거미줄에 걸려 있었다. 칼레든 숙모와 멕스버러 숙모 등 여러 숙모와, 스튜어트 할머니와 하드위크 할머니 등 여러 할머니가 일제히 무리를 이루고 있으며 그들은 함께 기뻐하고 슬퍼하고 크리스마스날 저녁을 먹고 아주 고령의 나이가 되어서도 몸을 꼿꼿하게 유지하며 두건 모양의 덮개가 달린 의자에 앉아 꼭 색종이에서 오려낸 것처럼 화초를 잘라낸다. 샬롯은 캐닝과 결혼하여 인도로 가고, 루이자는 워터포드 경과 결혼하여 아일랜드로 간다. 그런 다음 느리게 항해하는 범선에서 광활한 공간을 가로지르며 편지가 오가기 시작한 뒤 편지는 더욱더 길어지고 장황해지며, 빅토리아 시대 초기의 공간과 여가는 끝날 줄을 몰라 보이며, 신앙심은 사라지고 헤들리 비커스*의 생애가 그들에게 활기를 되찾게

*Hedley Shafto Johnstone Vicars(1826~1855). 영국의 육군 장교. 복음주의 자로 크림전쟁 중에 전사했다.

한다. 숙모들은 감기에 걸리지만 회복되며, 사촌들은 결혼한다. 그 사이에 아일랜드에 기근이 닥치고 인도에서 세포이항쟁*이 일어나며, 두 자매는 뒤를 이을 자식이 없어 크나큰 하지만 소리 없는 슬픔에 잠긴다. 아일랜드에서 워터포드 경과 함께 온종일 사냥터에 버려진 루이자는 수시로 몹시 외로웠으나 어려움을 참고 자신의 지위를 지켜 가난한 사람들을 찾아가 위로의 말을 전한다. ("앤서니 톰슨이 정신줄을 놓았다는, 아니 더 정확히 말하면 기억을 잃었다는 얘기를 들었어요. 정말이지 안됐어요. 하지만 우리 주 그리스도를 믿어야 한다는 말을 알아들을 수만 있다면 그것으로 족하답니다.") 그리고는 그림을 그리고 또 그린다. 어마어마한 공책들이 저녁에 펜과 잉크로 그린 그림으로 가득 채워지자 목수는 그녀를 위해 화판을 길게 늘이고 그녀는 여러 교실에 그릴 프레스코화를 기획한다. 살아있는

---

*아일랜드의 기근은 1740~1741년, 1847~1852, 1879년으로 총 세 차례 있었다. 그 중 아일랜드에 치명적인 타격을 입혔던 두 번째 기근을 가리켜 "대기근"이라고 부른다. 영국 본토의 수탈로 인해 아일랜드에는 감자 이외에 먹을 것이 거의 없던 와중 감자가 병들어 버렸다. 말 그대로 먹을 것이 없어져 대규모 아사가 발생하였다. 세포이항쟁은 1857~1859년 전개된 인도 최초의 민족적 항쟁이다.

양을 침실로 들이고 사냥터지기들에게 모포를 걸치고 성가족*을 풍부하게 칠한다. 이윽고 왓스**는 여기에 "티치아노의 동료와 라파엘의 대가가 있다!"고 탄성을 지른다. 그 말에 워터포드 부인은 소리 내어 웃으며, (그녀는 관대하고 온화한 유머 감각을 갖고 있었다) 자신은 그저 스케치하는 사람 수준에 불과할 뿐이고 살면서 거의 수업을 받아본 적이 없다고 말한다.—창피하기 짝이 없는 완성되지 않은 천사의 날개들을 보라! 더군다나 그녀의 아버지의 집은 줄곧 바다에 잠기고 있다. 그녀는 집이 무너지지 않도록 지주를 받치고, 친구들을 대접하고, 온갖 종류의 자선 행사로 나날을 채워야만 한다. 그러다 남편이 사냥에서 돌아오면 종종 한밤중에 남편 곁의 램프 밑에서 스케치북을 들고 앉아 수프 그릇에 반쯤 가려진 기사다운 얼굴을 스케치하곤 했다. 남편은 십자군 전사처럼 위풍당당하게 여우를 사냥하려고 또다시 말을 타고 나갔으며, 그녀는 매번 잘 다녀오라고 손을 흔들며 생각한다. 이번이 마지막이 되

*아기 예수 · 성모 마리아 · 성요셉을 나타낸 그림.
**George Frederic Watts(1817~1904). 영국의 역사화가, 초상화가, 조각가.

면 어쩌지? 그리고 그 겨울 아침에 정말 그랬다. 말이 발부리가 걸려 자빠졌고 남편은 죽었다. 사람들이 말하기도 전에 그녀는 이미 그 사실을 알았으며, 존 레슬리 경은 매장식 날 아래층으로 달려갔을 때 영구차가 출발하는 것을 보려고 서 있는 귀부인의 아름다움도, 그가 돌아왔을 때 극심한 괴로움에 그녀가 꽉 쥐고 있는 빅토리아 시대 중기의 두꺼운 플러시 천으로 된 커튼이 얼마나 잔뜩 구겨졌는지도 결코 잊을 수 없으리라.

낚시

어린 시절 콘월에서 지냈던 울프는 그녀의 삶에 되돌릴 수 없는 영향을 준 낚시 경험을 했다. 이 짧은 에세이는 하원에서 의원으로 30년을 보낸 메이저 힐즈의 글을 통해 낚시의 즐거움을 이야기하고 있지만, 어쩌면 울프 자신의 경험담일지도 모른다. 아무래도 서평 에세이다 보니 생생한 형용사를 사용하여 자신의 경험을 이야기하지는 않지만, 독자들에게 낚시가 얼마나 짜릿한 것인지 신호를 보내기에는 충분하다.

어부는 "하얀 조가비만큼이나" 마음이 순수하다는 중국 속담이 있다. 한편 대단히 사실적이지만 동시에 정치인들의 마음을 대단히 대략적으로 표현한 일본의 4행시는 원래 모호한 그대로 남겨두는 편이 낫다. 다음과 같은 모순일지도 모른다. 책을 펴낸 발행인은 "메이저 힐즈는 30년 동안 하원 의원이었다.……오랜 의회 생활 내내 그는 자신이 좋아하는 '활동'에 변함없이 충실했다." 이 말은 그의 책에서 충돌을 일으켰다. 독자의 마음속에 물고기와 사람 사이에 혼동을 일으켰던 것이다.

모든 책은 단어들로 이루어지지만, 단어들의 대부분은 생각을 뒤흔들고 동요시킨다. 이 책은 반대로 단어들로 이루어져 있지만 몸에 기이한 영향을 미친다. 의자에서 몸을 일으켜 강둑에 서 있게 하며 말문을 닫아버리도록 한다. 강물이 세차게 흐르는 곁에서 하나의 목소리가 명령한다. "절대 꼼짝도 하지 말고 서 있어야 한다.……위로 힘차게 드리워 살짝 교차시키고……낚싯줄을 내던져……둥둥 떠 있도록 해야 한다.……무슨 일이 있어도 당기지 말고……들어 올리려고 서두르면 안 된다.……" 하지만 긴장감은 너무 크고, 흥분은 너무 강렬하다. 우리는 당기고, 들어 올린다. 물고기가 가버린다. "다음번엔 좀 더 기다려야 한다." 목소리가 명령한다. "더 오래오래 기다려야 한다."

자, 만약 글쓰기의 기술이—사람에 관한 것이든 물고기에 관한 것이든—그 자체로 비롯되어 독자의 마음속에서 알을 낳는 것에 있고 또 만약 이 기술이 현역에서 글 쓰는 사람들에게 그러한 열정을 요구한다면 그들은 플로베르처럼 기꺼이 모든 화창한 봄날 아침을 맞이하는 것을 포기할 것이다. 하원에서 30년을 보냈다는 메이저 힐즈는 도대체 어떻게 그런 일을 이루어냈을까? 비결이 무엇일까? 때때로 그는 이른 봄에 동이 틀 무렵인 새벽 네 시에 일어났다. 단어들을 요리조리 매만지기 위해서가 아니라 부랴부

라 강으로 내려가기 위해서였다. "청신한 푸른 수풀이 우거진 강둑과 짙은 장밋빛 사암 바위들, 수정같이 맑은 물이 세차게 흐르는 절경의 강"으로 가서 그곳에서 낚싯대를 들고 서 있었다. 그곳에 우리도 서 있다.

낚싯대를 보라. 칼라일 스트롱 제품으로 사는데 1파운드가 들었다. "전체가 대나무 한 그루로 이루어져 있는데 꼭대기에는 열대 아메리카산의 단단하고 탄력 있는 나무가 잇대어 있다.……이보다 더 짜릿하게 낚싯줄을 멀리 던질 수 있는 낚싯대를 가진 적이 없었다." 그것은 낚싯대가 아니다. 그것은 페르시아산 항아리보다 더욱 아름답고 애인보다 더욱 바람직한 도구이다. "……친구가 부러뜨렸는데……그것과 똑같은 것을 살 수 없었다.……대나무는 고칠 수가 없으니 가슴이 찢어지는 것 같았다." 그 어떤 죽음이나 재앙이 이보다 더 가슴을 아리게 할 수 있을까? 하지만 지금은 기분을 논하고 있을 때가 아니다. 강둑 아래 깊은 곳에 늙은 수컷 연어가 있다. 녀석은 어떤 미끼를 물까? 보랏빛 명주를 몸에 두른—꼭 부주교 같은 모습의—회색 칠면조 고기가 1순위일까? 낚싯줄이 던져졌다. 강물 위에서 둥둥 떠다니더니 강물 아래에 자리 잡았다. 그런 다음에는 어떻게 되었을까? "물고기가 완전히 환장해서는 릴을 덮쳤다.……밀고 당기고 난리를 치더니 낚싯줄에 연결된 꼬인 명주실을 끊어버렸다. 모두 몇 초만에 일어난 일이었다.……" 하지만 그것은 예사롭지 않게 강렬한 몇 초, "다른 모든 것들로부터 단절된 격렬한 감정의 세계"에서만 살 수 있는 몇 초였다. 우리가 올려다보았을 때 코비 워크*는 달라져 있었다. "나무들은 여린 어린잎을 틔워냈는데 일부는 황금빛이었다. 야생체리는 바람에 쓸려 쌓인 눈으로 뒤덮여 있었고 땅은 여러해살이풀들로 뒤덮여 있어서 마치 새로이 광택을 낸 것처럼 보였다.……나는 모든 광경, 모든 빛깔과 모든 소리를 온몸으로 받아들이는 듯한 느낌이 들었다. 마치 베일을 거둔 세상 속을 걷는 것 같은 느낌이었다."

나무에서 베일을 제거하기 위해서는 낚시를 할 필요가 있다는 게 말이 될까?—우리의 의식적인 마음은 모두 육체로 존재하는 게 틀림없다. 그렇다면 무의식적인 마음이 표면으로 뛰어올라 베일을 벗겨내는 것일까? 일전에 예이

*잉글랜드 노샘프턴서카운티에 있는 소도시.

츠 씨가 말했듯이, 전쟁이 일어난 이래 농부들이 물을 가두거나 보존해서 해충을 들끓게 했기 때문에 이러한 현실을 날 것 그대로 드러내는 것이 시인이 되는 것이라면 우리에게는 위대한 시인이 없다는 게 말이 될까? 사교클럽들이 우스꽝스러운 제약으로 낚시꾼들에게 족쇄를 채우고 사치품들로 음흉한 욕망을 실컷 채우게 하는 개탄스러운 버릇이 우리 시인들의 문체를 어느 정도 속박했던 걸까? 소설가들에 대해 말하자면—오늘날 잉글랜드에 월터 스콧 경의 조끼에 달린 세 번째 단추보다 더 위상이 높거나, 찰스디킨스의 회중시계 줄이나 조지 엘리엇의 새끼손가락에 낀반지까지 닿는 소설가가 없다는 것은 컴벌랜드*의 밀어자들이 자취를 감추고 있다는 것 아닐까? "그들은 보기 드문유머로 가득 찬 재미있는 부류로 이야기를 나누는 게 즐거웠다.……우리는 강둑에서 수시로 잡담을 나누었다. 그들은 내게 자신들의 성공의 비결을 툭 터놓고 말해주었다." 하지만 이제 "그 옛날 화끈한 시절은 끝났다." 밀어자들은사라졌다. 사람들은 이윤을 목적으로 호텔에 납품할 송어

*잉글랜드 북서부의 옛 주.

를 수도 없이 잡는다. 밀어자들의 잡담과 월터 스코트의 대화와 방언, 디킨스와 조지 엘리엇의 농부들과 선술집 주인들이 소설에서 모두 추방되면 과연 무엇이 남을까? 곰팡내 나는 벨벳, 좀먹은 흰 담비털, 마호가니 탁자들, 소를 잔뜩 채운 칠면조 몇 마리가 남을 것이다. 밀어자들이 사라졌으니 소설이 실패하는 것도 당연하다. "하지만 이건 송어를 잡는 게 아니다." 목소리가 명령한다. "꾸물거리면 안 된다.……얼른 다시 낚시를 시작하라!"

날씨가 궂다. 해가 떠서 송어가 입질을 하지 않는다. 우리는 실패를 거듭한다. 그러나 낚시는 엄격한 도덕성을 가르치며, 가차 없는 정직성을 심어준다. 잘못은 우리 자신에게 있을지 모른다.……"왜 나는 챔질할 때마다 놓치는 걸까?……낚싯줄을 던질 때 좀 더 세심하고 좀 더 정확했더라면, 챔질을 좀 더 잘했더라면, 더 많이 낚을 수 있지 않았을까? 그렇다면 정답은―그렇다!……햇빛이 강하게 내리쬐는데도 불구하고 잡으려고 해서 놓친 것이었다.……어리석게 고집을 피워서 실패했던 것이었다." 우리는 명상과 회한의 세계에 깊이 빠진다. "모순은 모든 강력한 감정에 뿌리를 두고 있다. 우리는 이성에 의해 지배되지 않는다. 우리는 서로 다른 법을 따르고, 법의 구속력을 인식하고 있다.……" 외부세계에서 들려오는 소리들이 강물의 포효를 뚫고 온다. 외래종들이 에덴과 드리필드 벡*의 상류에 침범해왔다. 그러나 다행히도 외래종들은 살기**였다. 인류를 나누는 심오한 차이는 미끼의 문제로서 벌레로 낚는지 아닌지이다. 다른 사람들에게는 벌레를 미끼로 사용한다는 생각이 이루 말할 수 없이 혐오스러울 수도 있을 것이다.

그러나 여름날은 서서히 스러지고 있다. 밤이 다가오고 있다. 어둡지 않은 북부 지방 특유의 밤이. 그곳의 빛은 다만 베일로 가려졌을 뿐이기 때문이다. "컴벌랜드의 밤은 기억할 만하다." 그리고 송어는 "별난 종자들이라" 자정 무렵에 컴벌랜드에서 입질을 한다. 자, 다시 강둑으로 내려가보자. 낮보다 강물 소리가 더욱 크게 들린다. "걸어 내려가면서 다양하게 흐르는 강물 소리를 들었다. 햇살이 내리쬐는 동안에는 분명치 않은 소리였다. 어느 한순간에는 깊이

---

*헐강의 상류지역을 흔히 일컫는 이름으로, 야생 갈색송어와 회색송어의 플라이 낚시터로 유명하다.
**연어과 살기속에 속하는 민물고기.

흐르는 소리가 났다가 다음 순간에는 우렁차게 흐르는 소리가, 그러다가 울창한 너도밤나무들이 강을 가리는 곳에서는 졸졸졸 흐르는 소리가 났다.……꽃이 피는 나무들은 이미 오래전에 꽃이 떨어졌지만, 라일락 덤불에 다가가자 나는 별안간 라일락 향기 속으로 걸어 들어가 그 향기 속에 흠뻑 젖었다. 나는 오솔길에 앉았다. 다리를 쭉 뻗었다. 한 무더기의 풀을 찾아 베개 삼고 모래를 모아 침상 삼아 드러누웠다. 나는 잠이 들었다."

그리고 강태공이 잠을 자는 동안, 우리는 아마도 책을 읽고 있을 것이다.─하지만 페이지 하단에 있는 코비 위크의 나무들과 송어라는 단어를 통해 볼 때, 이것은 어떤 종류의 책일까?─궁금하다, 강태공은 어떤 꿈을 꾸고 있을까? 모든 강물들이 세차게 흘러가고 있다.─에덴강, 테스트강, 케닛강. 강들은 저마다 서로 다르고, 저마다 거무죽죽한 물고기들로 가득 차 있으며, 물고기도 저마다 서로 다르다. 송어는 민감하고 연어는 꾀가 많다. 저마다 신경과 두뇌와 우리가 어렴풋하게 꿰뚫을 수 있는 심리를 갖고 있으며, 우리가 신기하게 예측할 수 있는 움직임을 갖고 있다. 갑작스럽게 우리가 순식간에 그리스 사람과 고대 로마 사람처럼 물고기의 마음을 이해하게 된 것일까? 혹은 그는 눈보라가 휘날리는 야생의 스코틀랜드 언덕에 관한 꿈을 꾸고 있을까? 바위 뒤 바람 한 점 불지 않는 땅뙈기에서 연한 풀들이 더 이상 눕지 않고 똑 바로 서 있기만 하는 것은, 또는 스무 마리의 큰백조들이 호수에서 아무런 두려움 없이 둥둥 떠 있는 모습을 꼭대기에서 볼 수 있는 것은 "저들이 사람을 본 적이 없는 어떤 땅에서 왔기 때문일까?" 혹은 술 자국이 덕지덕지 묻은 햇볕에 그을린 얼굴의 밀어자들에 관한 꿈을 꾸는 걸까? 혹은 앤드루 랭*이 술을 마시며 창세기에 관해 논하는 꿈을, 혹은 식사 후에 "단추가 가을철 금작화 꼬투리처럼 계속해서 뻥뻥 터지는 소리를 낸다"는 프레더릭 올리버**에 관한 꿈을, 혹은 사냥꾼인 참새보다 "더 너그러운 짐승을 본 적이 없는" 꿈을, 혹은 위대한

*Andrew Lang(1844~1912). 스코틀랜드 출생의 민속학자 겸 문학자. 당대 최고의 지식인으로 60여 권의 저작을 남겼다.
**Frederick Scott Oliver(1864~1934). 관세 개혁과 제국 연합을 주장했던 스코틀랜드 출생의 정치 작가이자 사업가. 대영제국과 아일랜드 민족주의자들 사이의 정치적 갈등을 해결하기 위해 "아일랜드 자치"를 지속적으로 요구했다.

아서 우드와 그의 모든 벌들에 관한 꿈을 꾸고 있을까? 아니면 자신의 유령이 또다시 지상으로 온다면 다시 찾아갈 곳들에 관한 꿈을 꾸고 있을까? —램스버리, 하이헤드, 주라섬*을 찾아가는 꿈을?

*램스버리는 잉글랜드 남부의 윌트셔주에 있는 마을. 하이헤드는 잉글랜드 북부의 컴브리아주에 있는 마을. 주라섬은 스코틀랜드 북서안의 이너 헤브리디스제도에 딸린 섬.

태양과
물고기

1928년 2월 3일 「타임 앤 타이드」에 발표된 「태양과 물고기」는 울프가 개기일식을 처음으로 경험한 순간에 관해 쓴 에세이다. 울프는 1927년 6월 29일 새벽 요크셔의 바던 펠 구릉지에서 남편 레너드와 비타 색빌-웨스트를 포함한 몇몇 친구들과 함께 개기일식을 관찰했다. 24초 동안 완전한 어둠이 덮친 그 극적인 일식을 눈의 모험으로 환상적으로 표현하면서 영화에서처럼 꿈같은 공간을 만들어낸다. 그런 다음 이야기는 런던동물원으로 옮아가는데, 마치 불멸의 감각을 향상시키려는 듯 도마뱀의 모습과 물고기의 모습을 결합시킨다. 그리고 일식, 도마뱀, 물고기 이 세 가지 모습이 합쳐져 "삼각형의 몽타주 시퀀스"를 만들어 무아 상태의 영화적 효과를 만들어낸다. 그럼에도 울프는 자신이 물고기로서 상상하는 그림을 완성하지는 못한다. 그리고는 눈 깜빡하는 사이에 글을 끝맺는다. "이제 눈을 감는다. 눈은 우리에게 죽은 세상과 불멸의 물고기를 보여준다."

그것은 특히 어둑어둑한 겨울 아침에 재미있는 놀이이다. 누군가는 겉으로 보기에 아테네나 세게스타*, 빅토리아 여왕을 보는 것 같다고 말하며, 다음에 어떤 일이 일어날지 보려고 가능한 한 고분고분하게 기다린다. 어쩌면 아무 일도 일어나지 않을지도 모르고, 또 어쩌면 엄청나게 많은 일들이 일어날지도 모르지만, 사람들이 기대하는 것과 같은 일은 아닐 것이다. 뿔테 안경을 쓴 노부인—이제는 고인이 된 여왕—은 충분히 생기 넘치지만, 어찌 된 일인지 피커딜리에서 동전을 주우려고 몸을 구부리고 있는 군인과 켄싱턴 가든에서 아치형 길을 천천히 몸을 흔들며 가는 누

*시칠리아섬 서북부에 있는 고대 도시의 유적. 그리스인들이 건설했지만 로마인들이 차지했다.

런 낙타와 부엌 의자와 모자를 흔드는 저명한 노신사와 동맹을 맺었다. 몇 해 전 마음속에 들어온 여왕은 이제 온갖 종류의 생경한 문제와 더불어 들러붙어 있다. 누군가는 빅토리아 여왕을 말할 때 가장 이질적인 대상들의 집합체를 이끌어 내는데 그 대상들을 분류하려면 최소한 일주일은 걸릴 것이다. 다른 한편, 누군가는 동이 터 오를 때의 몽블랑이나, 달빛 아래의 타지마할이라고 할지도 모르며, 마음은 공백으로 남겨놓는다. 그 광경은 우리가 기억 속에 저장해둔 기이한 연못 속에서만 살아남을 것이다. 보존된 다른 감정과 결합할 수 있을 만큼 운이 좋다면 말이다. 광경들은 (여왕과 낙타처럼) 어울리지 않게 귀천상혼*을 하고 그래서 서로를 살아있게 한다. 우리가 보려고 힘들게 이동한 몽블랑과 타지마할 같은 광경들은 서서히 희미해지다가 소멸하여 사라진다. 맞는 짝을 찾지 못했기 때문이다. 우리는 임종 시 고양이나 햇볕을 가리는 모자를 쓴 노부인의 장엄함에 지나지 않는다는 것을 알지도 모른다. 위대한 광경들은 짝이 없어 죽었을 것이다.

*왕족 또는 귀족 남자와 그보다 신분이 낮은 여자 사이에서 여자나 그 자식이 남자의 위계·칭호·재산을 물려받을 수 없다는 조건하에 이루어지는 결혼.

그러니 이 어둑어둑한 겨울 아침에, 현실 세계가 서서히 사라졌을 때, 눈이 우리를 위해 무엇을 할 수 있는지 보자. 내게 일식을 보여다오, 우리는 눈에게 말한다. 그 낯선 광경을 다시 보게 해다오. 그리고 우리는 즉시 본다.—그러나 마음의 눈은 관례에 따른 눈일 뿐이다. 귀로 듣고 코로 냄새를 맡는 것은 신경계가 하는 일로 더위와 추위를 전달하며 뇌에 붙어있고 마음을 분발시켜 식별하고 추측하게 한다. 즉, 우리가 밤에 즉시 기차역을 "본다"고 간결하게 말하기 위한 것에 불과할 뿐이다. 인파가 개찰구에 모여 있다. 하지만 얼마나 특이한 인파인가! 팔에는 방수외투들을 걸치고 있고 손에는 작은 상자들을 들고 있다. 일시적이고 즉흥적으로 나선 모습이다. 그들은 획일적으로 움직이고 흩어지는데 이는 그들이(하지만 여기서는 "우리"라고 하는 편이 더욱 적절하겠다) 공동의 목적의식을 갖고 있기 때문이다. 6월 밤에 유스턴 기차역에 우리를 모이도록 한 목적만큼이나 기이한 것도 없을 것이다. 우리는 서광을 맞이하러 왔다. 우리처럼 서광을 맞이하려는 사람들을 태운 기차들이 바로 그 순간 영국 전역에서 출발하고 있었다. 모든 기차의 앞부분이 북쪽을 가리키고 있었다. 시골 한가운데에서 잠시 정차했을 때도 북쪽을 가리키는 옅은 노란색의 자동차 불빛들이 보였다. 모두가 도로에 있었으며, 모두가 북쪽으로 이동하고 있었다. 모두가 서광을 맞이할 생각에 부풀어 있었다. 밤이 서서히 흘러가면서 수많은 상념의 대상이었던 하늘은 더욱 위대한 물체로 평소보다 더욱 두드러져 보였다. 시간이 지날수록 우리는 위로 드리워진 희끄무레한 하늘을 더욱 의식하게 되었다. 우리가 쌀쌀한 이른 아침에 요크셔 길가에 모습을 드러내었을 때 우리의 감각은 평상시와 다른 방향을 짓도록 했다. 우리는 이제 사람들과 집들, 나무들과 더 이상 동일한 관계가 아니었다. 우리는 온 세상과 연관되어 있었다. 우리는 여관방에 묵으러 온 것이 아니라 몇 시간 동안 육신을 떠나 하늘과 영적으로 교통하러 온 것이었다.

모든 것이 푸른 기가 돌면서 아주 흐릿했다. 강물도 파리했다. 붉게 물들었어야 할 카칼리아 꽃들과 풀로 가득 찬 들판은 아무런 빛깔도 없었지만 무채색의 농가들 주위에서 살랑거리며 흔들리고 있었다. 이제 농가의 문이 열리고, 농부와 가족이 말쑥한 검은색 나들이옷을 입고 밖으로 나와 마치 언덕을 올라가 교회로 가는 것처럼 조용히 행렬에 합류했다. 때로는 2층 방의 창문턱에서 여자들이 지나가는 행렬을 우습다는 듯 즐거이 지켜보고 있었는데 완전한 침묵 속에서 꼭 이렇게 말하는 것 같았다.—사람들이 엄청난 거리를 달려왔어, 대체 무엇 때문에? 우리는 조용히 와서 어디에든 있을 어마어마한 배우와의 약속을 지키는 기이한 감각을 갖고 있었다.

아래로는 황톳빛의 황야지대가 흐르고 그 위로 구릉지대가 사방팔방으로 펼쳐진 곳의 높은 언덕인 집합 장소에 다다를 즈음 우리 역시 옷을 껴입었다. 추웠다. 발이 붉은 습지 물에 들어가 있어 더더욱 추울 것 같았다. 어떤 이들은 컵과 접시들을 들고 방수외투를 입은 채 쪼그려 앉아 끼니를 때우고 있었으며, 옷을 아주 잘 갖춰 입은 이들도 있었지만 최상의 상태인 사람은 아무도 없었다. 그럼에도 우리는 여전히 사뭇 위엄 있는 모습을 띠었다. 더 정확히 말하면, 어쩌면 우리는 개개인을 알리는 조그만 명찰이라든가 표식 같은 것들을 떼어냈을 것이다. 하늘에 대고 윤

곽선을 그리며 한 줄로 늘어서 있는 우리들은 세상의 산마루에 우뚝 서 있는 조각상들 같은 모습이었다. 우리는 아득한 고대의 사람들이었다. 원시시대의 사람들로 서광을 맞이하러 온 것이었다. 스톤헨지에서 풀밭과 바위의 돌멩이 사이를 둘러보는 참배자들이나 마찬가지였을 것이다. 어떤 요크셔 지주의 차에 고대의 사냥개처럼 보이는 크고 마른 붉은색 대형견 네 마리가 묶여있었는데 느닷없이 야생돼지나 사슴의 흔적을 쫓아 땅바닥 가까이에 콧구멍을 벌름벌름거리면서 뛰어내렸다. 그러는 동안 해가 뜨고 있었다. 불이 서서히 켜지면서 하얀 전등갓이 빛을 발하듯 구름 한 점이 빛을 발했다. 황금빛 쐐기 모양의 기다란 빛줄기들이 떨어져 계곡의 나무들을 푸른빛으로, 마을들을 푸른빛 도는 황톳빛으로 물들였다. 우리 뒤의 하늘에서는 담청색 호수 속에 하얀 섬들이 둥둥 떠다녔다. 저쪽의 하늘은 탁 트여서 막혀 있지 않았지만 우리 앞의 하늘에는 보드라운 눈더미가 운집해 있었다. 그럼에도 자세히 들여다보니 군데군데 해지고 성글다는 것이 밝혀졌다. 순간적으로 황금빛이 급증하더니 순백의 눈더미를 엷은 안개로 맹렬하게 녹였으며, 안개가 차차 더욱더 옅어지더니 일순간 태양이 찬란하게 빛났다. 그런 뒤 잠시 멈추었다. 경주에 앞서 흐르는 긴장감 같은 게 잠시 있었다. 출발 신호원이 시계를 손에 들고 초를 세고 있었다. 이제 경주가 시작되었다.

태양은 성스러운 몇 초가 다 가기 전에 결승점에 도달하기 위하여 구름을 뚫고 경주해야 했다. 결승점은 오른쪽에 옅고 투명하게 있었다. 태양이 출발했다. 태양이 가는 길에 구름이 온갖 장애물을 내던졌다. 장애물이 들러붙고 방해했다. 태양은 장애물 사이를 헤치고 돌진했다. 태양이 시야에서 보이지 않을 때는 번쩍이며 날아가는 것을 느낄 수 있었다. 속도가 무시무시했다. 어떤 때는 밖으로 나와 환히 빛났으며, 또 어떤 때는 구름 밑에서 사라지곤 했다. 그러나 언제나 어둠을 밀어젖히고 결승점을 향해 날아가는 것을 느낄 수 있었다. 1초 동안 나타나 우리에게 쌍안경 사이로 움푹 파인 모양이라든가 초승달 모양을 드러내기도 했다. 어쩌면 우리를 위해 최선을 다하고 있다는 증거였을지도 모른다. 이제 태양은 마지막 힘을 다 쓰고 가라앉았다. 이제 완전히 가려졌다. 순간들이 지나갔다. 저마다 손에 시계를 꼭 쥐고 있었다. 성스러운 24초가 시작되었다. 마지막 1초가 끝나기 전에 헤쳐 나오지 못한다면 모습을 감출 것이다. 사람들은 여전히 자유를 얻으려고 구름 뒤에서 구름을 찢어발기며 경주하는 태양을 느낄 수 있었지만, 구름이 태양을 꽉 붙들고 있었다. 구름이 퍼지다가 자욱해지다가 조금 느슨해지다가 태양의 속도를 죽였다. 24초 중에 딱 5초만 남아있었고, 태양은 여전히 가려져 있었다. 그리고 그 치명적인 몇 초가 지나가며—이제 정말로 경주에서 져서—태양이 패배당하고 있다는 것을 깨달았을 때, 모든 빛깔이 황야지대에서 없어지기 시작했다. 푸른빛이 자줏빛으로 바뀌었으며, 격렬하지만 바람이 잔잔한 폭풍우가 다가오자 순백의 눈더미는 검푸르게 되었다. 분홍빛 얼굴들이 푸른빛을 띠었으며, 어느 때보다도 더 추워졌다. 그렇다면 이는 태양이 패배했다는 것이었다. 그래서 우리는 앞에 놓인 칙칙한 구름의 장막에서부터 뒤에 놓인 황야지대까지 이 모두가 실망스럽게 바뀌고 있다고 생각했다. 모두가 검푸르거나 자줏빛이었다. 그런데 갑자기 더욱 특별한 일이 막 일어나려 한다는 것을 깨닫게 되었다. 예상치 못한, 무시무시한, 피할 수 없는 어떤 일이었다. 황야 지대 너머로 점점 더 어두워지는 그림자는 배가 기울어지는 것 같았는데 결정적인 순간에 똑바로 서는 대신 방향을 바꾸어 조금 더 멀어지더니 더욱더 멀리 갔다. 그리고는 갑작스럽게 뒤집혔다. 그리하여 빛은 방향을 바꾸고 기울어지며 꺼져 버렸다. 그것으로 끝이었다. 세상의 살과 피는 죽고 뼈대만 남았다. 우리 밑에 매달려 있는 것은 연약한 황톳빛으로 죽어 시들었다. 그런 다음 약간 소소한 움직임과 함께 이 심오한 빛의 복종, 이 모든 찬란한 장관은 굴욕적으로 허리를 굽히며 끝났다. 세상의 반대편에서 태양이 사뿐히 솟아올랐다. 마치 하나의 움직임이 1초 동안 무시무시하게 멈춘 뒤에 또 다른 움직임을 완성하여 이곳에서 소멸한 빛이 다른 어딘가에서 다시 솟아오른 것처럼 휙 나타났다. 회춘이라든가 회복 같은 느낌은 전혀 없었다. 병을 앓고 난 뒤 삶의 휴식기와 회복기가 하나로 합쳐진 것만 같았다. 그렇지만 처음에는 총천연색의 무지개가 흩뿌려진 듯 빛이 너무도 창백하고 여리고 낯설어서 그토록 여린 색조로 치장되어서는 땅이 살아남지 못할 것만 같았다. 태양은 우리 아래에 새장처럼, 굴렁쇠처럼, 유리공처럼 매달려 있었다. 날아가 버리거나 부서질 것 같았다. 그러나 꾸준하게 그리고 분명하게 위대한 화필이 어두컴컴한 계곡에 숲을 그려 넣고 계곡 위에 있는 언덕을 한 덩어리로 푸르게 뭉쳐놓자 우리는 마음이 놓이며 확신을 갖게 되었다. 세상은 더욱더 견고해졌으며 사람들로 북적거리게 되었다. 수도 없이 많은 농가들, 마을들, 기찻길들이 묵고 있는 곳이 되었다. 이윽고 문명의 전체 구조가 설계되고 빚어졌다. 그러나 우리가 딛고 서 있는 땅이 빛깔로 이루어져 있다는 기억은 여전히 지속되었으며, 그 빛깔은 날아가 버릴 수도 있고 그러면 우리는 죽은 나뭇잎 위에 서 있게 되며 지금 땅을 안전하게 밟는 우리는 그 땅이 죽어버린 것을 보게 될지도 모른다.

그러나 눈이 할 일은 아직 끝나지 않았다. 우리가 즉각적으로 따라갈 수 없는 그 자체의 논리를 쫓아 눈은 이제 우리에게 런던시즌*이 절정에 달했을 때의 충격과 혼동의

*상류층 구성원들이 무도회나 저녁 파티, 자선 행사를 여는 것이 관례인 전통적인 연차 기간을 말한다. 크리스마스가 끝나고 나서 얼마 뒤 시작해 대략 6월 말인 한여름까지 계속되었다.

느낌을 판단하기 위해 어느 무더운 여름날의 런던에 대한 그림이나 일반적인 인상을 제시한다. 한순간 정신을 차리고 보면 우리는 어떤 공공 정원에 와 있다. 아스팔트로 덮인 길과 종이봉지들이 여기저기 흩어져 있는 것을 보니 런던동물원인 게 틀림없다. 그런 다음, 우리는 아무런 준비도 없이 완전하고 완벽한 도마뱀 두 마리의 조상彫像과 함께 있다. 파괴된 이후에도 고요하다. 파멸된 이후에도 변함이 없다.―그것은 아마도, 어쨌든 눈의 논리일 것이다. 한 도마뱀이 또 다른 도마뱀의 등에 올라타 꼼짝도 안하고 있는데, 그들이 살아있는 육체라는 것을 보여주는 것은 황금빛 눈꺼풀이 깜빡이거나 녹색의 옆구리를 들썩이며 숨을 쉴 때로, 이때만이 청동 조상으로 만들어진 것이 아니라는 것을 알 수 있다. 이 고요한 황홀경 곁에서 모든 인간의 열정은 은밀하고 열떠어 보인다. 시간은 멈춘 것 같고 우리는 불멸의 존재 앞에 있다. 세상의 소란스러움이 맥없이 바스러지는 구름처럼 우리에게서 힘을 잃는다. 암흑으로 에워싸인 수족관은 불멸의 사각형으로 잘려졌으며 쾌청한 햇살이 내리쬐는 그 세상에는 비도 내리지 않고 구름도 떠다니지 않는다. 그곳의 서식동물들은 영구히 진화하는데 그들의 복잡성은 어떠한 이유도 없기 때문에 더욱 숭고한 것처럼 보인다. 푸른색과 은색 무리가 화살처럼 빠른데도 완벽한 거리를 유지하며 먼저 이쪽으로 쏜살처럼 갔다가 다음에는 저쪽으로 쏜살처럼 간다. 규율은 완벽하고 통제는 절대적이다. 거기에는 어떠한 이유도 없다. 인간의 가장 장엄한 진화는 물고기들의 진화에 비하면 미약하고 동요하는 것만 같다. 폭이 1.2미터, 길이가 1.5미터 정도로 추정되는 이 각각의 세상들 또한 방식에서만큼이나 질서에서도 완벽하다. 숲으로 조성된 곳에는 대나무 줄기가 몇 그루 있고, 산에는 모래 언덕이 있으며, 조가비의 굴곡과 주름에는 온갖 모험과 온갖 로맨스가 깃들어 있다. 다른 곳에서는 무시해도 될 정도의 기포의 증가는 여기서는 최고의 행위를 보여주는 사건이다. 은빛 물방울이 물길을 헤치고 나선형 계단 쪽으로 나아가 윗면에 평평하게 놓여있는 것으로 보이는 유리판에 부딪혀 터진다. 쓸데없이 존재하는 것은 없다. 물고기는 스스로 의도적으로 세상에 미끄러져 들어가는 모양새를 만든 것으로 보이지만 그 결과는 물고기 자신일 뿐이다. 물고기들은 일하지도 않고 눈물을 흘리지도 않는다. 그들의 모양새가 그들의 존재 이유이다. 완벽한 존재로 충분하다는 점을 제외하면 그 외에 어떤 다른 목적을 위하여 그렇게 만들어졌을까? 어떤 물고기는 왜 그토록 둥글고, 어떤 것은 그토록 가늘고, 어떤 것은 등에서 지느러미가 방사형으로 대칭을 이루고 있고, 또 다른 것들은 붉은 전깃불 같은 것이 덧대어져 있고, 또 다른 것들은 프라이팬 위에 있는 흰 팬케이크처럼 물결무늬를 일으키고, 어떤 것은 푸른 미늘 갑옷으로 무장하고, 어떤 것에게는 엄청난 집게발이 주어지고, 어떤 것은 터무니없이 거대한 수염이 달려있는 걸까? 인류의 모든 종족보다 몇 마리의 물고기에게 더욱 크게 마음을 쓴 게 틀림없다. 트위드 천과 실크로 만든 옷을 입은 우리의 속살은 단조로운 분홍빛 벌거숭이일 뿐이다. 시인들은 이 물고기들처럼 뼛속까지 투명하지 않다. 은행원들은 집게발이 없다. 왕과 여왕은 정작 주름 잡힌 옷깃이라든가 주름장식을 한 옷을 입고 태어나지도 못했다. 요컨대, 우리가 벌거숭이가 되어 수족관으로 돌아가기로 되어 있다면—그만하자. 이제 눈을 감는다. 눈은 우리에게 죽은 세상과 불멸의 물고기를 보여준다.

스페인으로

1923년에 쓰여진 이 글은 에세이와 소설 사이에 놓여 있지만 울프가 파시즘과 나치즘이라는 두 가지 위협에 직면해 당시의 정치적 흐름과 어떻게 씨름하는지를 잘 보여주고 있다. 이 글에서 그녀는 영국해협을 건너 프랑스를 가로질러 스페인으로 가는 기차의 승객이다. 기차가 서서히 움직이자 그녀는 집들을 바라보며 이렇듯 평범한 삶의 풍경이 어떻게 문명의 흥망성쇠의 상징이 되는지를 생각하며, 자신이 갖고 온 토머스 하디의 소설과 뒤에 남겨두고 온 런던 거리에 대한 기억을 거부하고 싶어 한다. 두고 온 고향에 대한 기억은 실제성을 유지하는 데는 필요하지만 그곳에서 그것들을 응시하고 싶지는 않은 것이다. 그러나 이러한 명료함은 아주 잠깐 동안만 지속된다. 이제 그녀는 기차간의 창문에서 펄럭이는 "육체에서 분리된" 정신이 된다. 그녀는 재빠르게 지나가는 것들을 보며 "새로운 사회"에서 길을 잃기를 열망한다. 이 타자성이 어떻게 지속될 수 있을지는 풀리지 않는 딜레마로 남겨지지만, 프랑스를 건너 뒤 마침내 당도한 스페인에서 신비로우면서도 시각적이며 황홀한 요소를 접한다.

해마다 영국해협을 건너는 여러분은 아마도 디에프*에서 기차가 서서히 거리를 따라 내려갈 때 더 이상 집을 보지 못할 것이다. 하나의 문명이 몰락하고 또 다른 문명이 흥하는 것을 느끼지 못할 것이다. 영국식 치장벽토가 파괴되고 엉망진창이 되면서 이 믿을 수 없는 분홍빛과 푸른 빛의 높은 4층짜리 불사조 건물의 발코니에 놓여있는 화분들, 창턱에 기대어 하릴없이 밖을 내다보는 하녀도 보지 못할 것이다. 여러분은 별 미동도 없이—어쩌면 토머스 하디를 읽으며—앉아서 심연의 가교를 놓고 지속성을 유지하면서, 하나의 문명에서 스스로 해방되어 또 다른 문명

*영국해협에 면한 프랑스의 항구 도시. 제2차 세계대전 중 독일군에게 점령되었다가, 1942년 8월 연합군의 공격으로 탈환되었다.

을 일으켰다고 느끼며 그토록 기이한 몸짓으로 그토록 흥분하며 수다를 떠는 낯선 자들을 조금은 경멸할 것이다. 하지만 그들이 이미 얼마나 많은 일을 겪었는지 곰곰이 생각해보라. 아주 이른 나이에, 아마도 아주 젊었을 때 빅토리아로 가는 길의 택시 창문에서 보았던 런던의 거리 모습들을 한번 떠올려보라. 어디를 가도 똑같이 강렬했다. 마치 그 순간이 움직이지 않고 갑작스럽게 정지된 것처럼 말이다. 갑작스러운 엄숙함이 지나가는 사람들을 아주 찰나에 영구히 사로잡았기 때문이다. 그들은 자신들이 얼마나 중요해졌는지를 알지 못한다. 만약 중요해졌다는 것을 알았다면 그들은 신문을 사는 것과 현관 계단을 청소하는 것을 그만둘 것이다. 그러나 이제 막 그들을 떠나려는 우리는 "우리가 출발하는" 위기에 처해 있는 순간에도 그들이 이렇듯 가정적인 일들을 계속한다는 것에 더더욱 감동을 받는다. 그러므로 죽음을 예행연습하듯 지나가는 사람들의 얼굴을 마지막으로 유심히 살펴보며 건널목에서 살아남은 사람들이 악수를 하고, 손가방을 옮기고, 대화를 나누기 시작하고, 아무런 두려움이나 망설임 없이 모두가 자신의 영혼의 깊이를 드러내는 이상적인 사회 직전에 한순간 도취되어 가슴이 떨리는 것은 당연한 일이다.

그러나 그것은 순간일 뿐이다. 다음으로, 창가에서 두근거리는 육체에서 분리된 정신은 무엇보다도 연분홍빛과 푸른빛으로 칠해진 마름모꼴 집들이 있는 새로운 사회에 받아들여지기를 열망한다. 여자들은 숄을 걸치고, 남자들의 바지는 헐렁하다. 언덕 꼭대기들에는 십자가들이 있다. 길거리에는 누런 잡종개들과 의자들이 있고, 자갈들이 깔려 있다.—요컨대 홍겹고, 경박하고, 호들갑스럽다. "아그네스는 정말 안됐지 뭐야. 그가 런던에서 직장을 얻을 때까지는 당장은 결혼할 수 없잖아. 점심식사 시간에 일터에서 돌아오기에는 너무 멀어서 난 아버지가 그들에게 뭐라도 해줄 줄 알았어." 이 분리된 문장들은 두 영국 아가씨가 (작은 거울로 들여다보며 눈을 찌푸린 채 단발의 금발머리를 열심히 빗질하고 있었기에) 약간 엉터리로 말하고 있었는데 감옥의 쇠창살처럼 온 마음에 무겁게 내려앉는다. 우리가 탈출해야 하는 것들은 이전에 대영제국에서 한 주간을 보냈던 엄격하고 직접적인 시간들, 일들, 구분들이다. 기차가 이미 디에프에서 빠져나오면서 이러한 장애물들은 한층 마음에 드는 문명의 가마솥에서 부글부글 끓고 있는 것 같았다. 요일들은 줄어들었으며, 시간들은 사라졌다. 다섯 시 정각이었지만, 은행들은 동시에 문을 닫지 않았고, 저녁 먹는 시간에 맞추어 수많은 시민들이 셀 수도 없이 많은 승강기에 타고 있지도 않았고, 좀 더 보잘것없는 변두리에서는 냉장고기 몇 점과 롤빵이 얕은 유리접시에 가지런히 놓여 있었다. 프랑스인조차도 틀림없이 구분을 할 터이지만, 그들이 어디로 추락할지 우리는 알 수 없으며, 구석에 앉아 있는 아주 창백하고 아주 통통하고 아주 아담한 여성은 라틴계의 특질에 의해 제거된 참호와 경계선을 짓밟는 삶에 미소를 짓고 있는 것처럼 보였다.

그녀는 식당칸에 가려고 일어섰다. 자리에 앉으면서 손가방에서 작은 프라이팬을 하나 꺼내고는 텐트 모양으로 만든 「르땅」* 밑에 조심스럽게 숨겼다. 요리 하나하나가 능숙하게 차려지자 그녀는 웨이터가 없을 때 일부를 몰래 숨겼다. 그녀의 남편이 미소를 지었다. 남편도 찬성한 것이었

*Le Temps. 스위스의 프랑스어권 일간지. 영어로는 "The Times"에 해당한다.

다. 우리는 그녀가 용감하다는 것을 알 수 있을 뿐이었다. 그들은 가난할지도 모른다. 그러한 것이 크게 도움이 될 것이다. 프랑스인에게는 어머니들이 있었다. 사치스러운 생활을 끊임없이 바로잡고, 남에게 과시하기 위해 겉만 번지르르한 공허함으로 가득 찬 대신 실상에 알맞게 포장하는 것은 필시 프랑스인의 삶의 특질의 일부일 것이다. 그래도 신선하지 않은 두툼한 치즈의 누런 껍질은 좀……. 그녀는 얄궂게 미소 지으면서 체면을 버리고 모든 억양이 다이아몬드처럼 반짝거리는 절묘한 말씨로 개를 기른다고 해명했다. 하지만 그녀는 그 어떤 것이라도 길렀을지도 모른다. "삶은 정말 단순해." 그녀는 그렇게 말하는 것 같았다.

"삶은 정말 단순해.—삶은 정말이지 단순해." 수드특급열차*의 바퀴가 밤새도록 말했다. 어리석은 방식이든 역설적인 방식이든, 덜커덩거리는 체인 소리, 심신이 지친 철도원들의 외침, 새벽녘에 쉬지 못한 육체적 고통, 불안한 어둠에 별로 적절하지 않은 내용이라는 점에서 그 말은 거의

*원래 파리와 리스본을 연결했던 유명한 야간열차의 이름이다. 그러나 지금은 남쪽 지역만을 오가고 있다.

상상할 수 없는 것이었다. 그러나 여행객들은 문구에 크게 휘둘린다. 그들을 견고하게 분리된 개인으로 만든 조개껍 질처럼 고향에서 가져온 방대한 일반화는 그들의 노출된 뇌 속에서 공식화되며, 바퀴나 창문 블라인드가 덜커덩거 리는 소리는 삶의 거짓된 심오함에 대한 어리석은 격언에 장단을 맞추어 시시한 말을 산만하게 반복하며, 여행객들 로 하여금 지독히도 우울하게 풍경을 응시하도록 한다. 가 뜩이나 지루한 프랑스 중부의 풍경을 말이다. 프랑스인은 체계적이지만 삶은 단순하다. 프랑스인은 무미건조하지만 길을 여럿 가지고 있다. 그렇다, 그들은 바로 저기 호리호 리한 포플러나무가 비엔나로, 모스크바로 향하는 길을 가 지고 있다. 그들은 톨스토이의 집을 지나 산맥을 오른 다 음 모든 상점이 아름답게 장식된 유명한 도시 한복판을 따라 행군한다. 그러나 잉글랜드에서 길은 절벽 쪽으로 나 있으며, 너울거리는 파도는 바다 가장자리에서 모래 속으 로 들어간다. 잉글랜드에서 사는 게 위험해 보이기 시작한 다. 사람들은 실제로 이곳에서 집을 한 채 지을 수는 있으 나 이웃이 없다. 이 끝도 없는 하얀 길을 따라 3킬로미터,

5킬로미터, 7킬로미터를 따라 걸어가도 광막한 풍경과 무의미한 기관차에 기가 죽은 채 밧줄로 소를 묶어 놓고 강둑에 앉아 있는 노파 한 사람과 검은 개 한 마리를 만날 수 있을 뿐이다. 꼼짝도 하지 않고 아무것에도 관심이 없이 앉아 있는 노파의 모습은 꼭 기념비 같다. 우리 영국의 시인들이 잠시 그녀와 자리를 함께 해 교구를 잊고 그녀가 팬지꽃과 참새의 알에 대해 무슨 생각을 하는지를 생각하며 인간의 운명에 대해 (그녀가 보이는 모습처럼) 집중할 수 있으면 좋으련만!

그러나 보르도 외곽으로 가자 시골 지역이 점점 더 커져가면서 아주 단순한 생각조차 만들어내는 데 필요한 집중력은 커다란 손이 거칠게 꿰찔러 찢어진 장갑처럼 찢어발겨진다. 붓과 물감과 캔버스가 있는 화가들은 복이 있나니. 그러나 말이란 것은 얄팍해서 잘 찢어지는 법이다. 말은 시각적 아름다움이 먼저 다가오면 꽁무니를 빼고 달아난다. 말은 정말 말 그대로 사람들로 하여금—눈이 그 안에 모든 것을 쏟아붓기에—하얀 마을들, 일렬종대로 늘어선 노새들, 외딴 농장들, 거대한 교회들, 저녁에 파리하게 바스러지는 광활한 들판들, 성냥불처럼 비스듬히 불타오르는 과실나무들, 오렌지와 구름과 폭풍으로 불타는 나무들로 채워진 놀라운 틈바구니를 혼란 상태에 빠지도록 한다. 아름다움은 머리 위로 막힌 것 같고 사람들은 이쪽저쪽 세수를 한다. 기차에서 내리는 것은 언제나 인간의 책임이다. 통로에 한 여인의 옆모습이 보인다. 깊이 애도하는 여인은 자동차에 올라타 황량한 평야를 가로질러 간다.─어디로 왜 가는 것일까? 마드리드에서는 한 아이가 그리스도의 형상에 색종이 조각들을 넘치도록 뿌리고 있다. 한 영국 남자는 「더 타임스」에 실린 처칠의 최근 기사에 관해 토론하고 있다. 그의 모자가 시에라네바다산맥*을 반쯤 가리고 있다. 귀찮게 조르는 개에게 꾸짖듯이 사람들은 아름다움에게 말한다.─"안 돼, 앉아, 앉으라고. 인간의 시선으로 너를 보게 해달라고."

그러나 그 영국인의 모자는 시에라네바다산맥의 척도가 아니다. 걷거나 노새 등에 타 다음날 여행을 시작하면 (특히 저물녘에) 「더 타임스」에 실린 처칠의 기사에 대한 이

*스페인 남부의 산맥.

기묘한 논평을 하는 이 모자의 뒷배경, 이 주름진 붉고 하얀 가림막 뒤는 셀 수도 없고 형언할 수도 없으며 상상도 할 수 없는 돌멩이들, 올리브나무들, 염소들, 수선화들, 붓꽃들, 덤불들, 산등성이들, 암벽들, 수풀들, 숲들, 움푹 꺼진 곳들로 이루어진 것임이 밝혀진다. 마음의 목차는 짧은 문장들로 쪼개진다. 무덥다, 늙은 남자, 프라이팬, 무덥다, 성모 마리아상, 와인병, 점심 먹을 시간, 이제 겨우 12시 30분, 무덥다. 그런 뒤, 다음과 같은 모든 대상들이 반복적으로 온다.—돌멩이들, 올리브들, 염소들, 수선화들, 잠자리들, 붓꽃들. 이윽고 상상력이 재주를 부려 이 대상들은 군인들의 행군, 외로운 밤의 보초병들, 대대의 지도자들에 걸맞은 것과 같은 명령, 권고, 격려와 같은 문구들에 이른다. 하지만 투쟁을 포기해야만 하는가? 승부를 내주어야만 하는가? 그렇다, 구름이 고갯길을 가로지르며 떠다니고 있고, 노새들은 자신들이 지고 가는 것을 마다하지 않는다. 노새들은 절대 발을 헛디디지 않으며, 길을 알고 있다. 모든 것을 노새들에게 맡기는 게 어떨까?

밤이 다가오면서(그리고 고갯길은 안개가 자욱하게 껴

있었다) 노새를 탄 사람들은 대단히 유혹적인 삶의 전망을 향해 가는 것으로 보이는 반면 네 다리를 가진 그들의 짐승들은 땅과 온갖 필요한 거래를 계속하면서 움직이는 것으로 보인다. 사람들은 잠시 쉬었다가 계속해서 간다. 계속해서 가고 또 간다. 그들 노새들에게는 무엇이 대수란 말인가? 살아서나 죽은 후에나 착한 사람에게 (보슬비가 내리자 두 성직자가 노새에게서 내려 허리 굽혀 절하며 사라지는 모습을 보라) 무슨 해를 끼칠 수 있다는 말인가? 그런 다음, 여우 한 마리가 거의 산꼭대기가 틀림없어 보이는 자신의 영역의 길을 건너왔다. 잉글랜드에서 노새를 타고 있다면 얼마나 괴상망측해 보이겠는가? 수백 년 전에도 있었을 긴 하루의 여정과 위험은 끝나고 그들은 여관의 불빛을 본다. 여관의 안주인은 저녁식사를 요리하는 동안 안뜰로 들어와 난롯가에 둘러앉으라고 말한다. 난롯가에 둘러앉아 비몽사몽하고 있을 때 뒤에서는 서투른 청춘 남녀들이 계속해서 붉은 꽃을 들고 지나간다. 어머니는 아기에게 젖을 물리고, 말을 한마디도 하지 않는 늙은 남자는 땔감 한 무더기를 뚝뚝 부러뜨려 난롯불에 던진다. 화르륵 불길이

일고, 모든 이들이 가만히 바라본다.

　하지만 맙소사! 낮에 이어 어떤 밤이 찾아올지는 아무도 모른다. 이런, 또 맙소사다! "돈 페르난도는 비둘기 파이라면 사족을 못 썼어. 그래서 여기서 비둘기들을 길렀지."—그의 지붕 위, 즉, 알푸하라스*의 전경을 교란하는 이 놀랍고도 이 기이한 말이 나올 줄이야! "그는 지난 여름에 그라나다에서 죽었어." 그가 죽었어, 정말? 당연히, 빛이 쏟아진다. 백만 개의 면도날들이 나무껍질과 먼지를 깎아내어 순수한 빛깔을 쏟아낸다. 무화과나무들은 하얀빛을 내뿜고, 혹처럼 툭 솟아오른 끝도 없이 펼쳐진 언덕 풍경은 붉다가 푸르르다가 다시 하얀빛을 쏟아낸다. 그러나 지붕위의 소리를 들어라.—처음에는 비둘기들이 파닥이는 소리가 난다. 그런 다음, 물이 세차게 흐르는 소리가 난다. 그런 다음, 늙은 남자가 닭들을 사라고 외치는 소리가 난다. 그런 다음, 당나귀 한 마리가 훨씬 아래의 골짜기에서 시끄럽게 히이잉 우는 소리가 난다. 들어라. 천년의 세월이 흘러도 변치 않고 품위 있게 견뎌온 아프리카 해안에 면한 마

*그라나다 근교의 산골마을.

을 한가운데에서 흘러나오기 시작하는 이 무작위한 삶의 소리에 귀 기울여라. 그러나 백합들과 빨래들을 들고 작별을 고하며 자신의 방으로 들어가서는 마치 자신 역시 천 년이나 바랐던 것처럼 미소 지으며 창문 밖을 내다보는 스페인 여자 농부에게 면도날에서 쏟아져 내려오는 이것을 무어라 말할 수 있을까?

런던을
날다

항공술은 시인뿐만 아니라 소설가들의 예술적 상상력까지도 사로잡았다. 울프에게 있어서도 비행의 신비한 경험은 지상에서의 삶으로부터 자유에 대한 완벽한 메타포를 제공해주었다. 울프의 상상 속에서 조종사는 승객들을 살아있는 자의 땅에서 죽은 자의 왕국으로 나르는 카론이다. 하지만 궁극적으로 중력이 다시 효력을 발휘하며 하강은 불가피하다. 런던 상공을 비행하던 울프는 한 여성이 비행기를 보고 있다는 것을 알아차린다. 어쩌면 그 여성은 댈러웨이 부인일지도 모르고, 비행기는 클라리사 댈러웨이의 삶에 대한 사랑을 상징할지도 모른다. "머리 위를 날아가는 비행기의 기묘하게 찢어지는 듯한 굉음 속에, 그녀가 사랑하는 것이, 삶이, 런던이, 유월의 이 순간이" 있다는 것을 깨달았기 때문이다. 하지만 울프의 비행기는 댈러웨이 부인의 스카이라이터skywriter가 될 수 없다. 에세이 말미에 놀라운 고백을 하기 때문이다. 우리는 울프의 상상력의 도피에 또 한 번 감탄하지 않을 수 없다.

오륙십 대의 비행기가 메뚜기 떼처럼 창고에 모여 있었다. 메뚜기도 비행기처럼 거대한 허벅지를 가지고 있고, 비행기와 똑같이 작은 보트 모양의 몸뚱이가 허벅지 사이에 놓여 있으며, 풀잎에 닿으면 그 역시 공중으로 높이 튀어오른다.

정비사들은 비행기를 바깥의 잔디밭에서 달리게 했다. 우리는 흡굿 공군 대위의 초청으로 첫 비행을 하러 온 것이었다. 그가 몸을 굽혀 엔진에서 굉음이 나도록 했다. 지상을 떠나는 느낌을 묘사하려면 천 개의 펜이 필요하리라. "땅이 우리에게서 떨어진다"고 사람들은 말한다. 우리는 가만히 앉아 있는데 세상이 떨어지는 것이다. 땅이 떨어진다는 것은 사실이지만 더욱 기이했던 점은 하늘이 무너지는 것이었다. 사람들은 비행기가 한창 이륙하는 순간에도 홀로 빠져들 준비가 되어 있지 않았다. 사람들은 습관적으로 지구가 움직일 수 없는 것으로 상상하였다. 단단한 공처럼 말이다. 모든 것이 집과 거리에 비례해서 만들어졌다. 하늘로 솟구쳐 오르자 하늘이 우리 아래로 쏟아져 내리면서 번개무늬로 세공된 이 단단한 작은 공 모양의 손잡이가 점차 사라지고 바스러지며 둥근 지붕과 뾰족탑과 난롯가와 습관을 잃고 여기 상쾌한 대기에서 공중으로 무단침입하면서 우리는 기껏해야 몸에 붉은 핏덩이를 가진, 단단한 뼈와 뜨거운 피로 이루어진 포유류라는 사실을 깨닫게 된다. 천성적으로 하늘에 혐오감을 주는 불결한 존재인 것이다. 척추, 늑골, 내장, 붉은 피는 땅에 속한다. 즉, 네 개의 뾰족한 다리로 어설프게 걷는 양과 방울다다기양배추가 속한 세계에 있는 것이다. 여기서는 바람이 서서히 줄어들고 사라지며 구름이 시간의 제약을 받지 않고 넘실넘실 흘러간다. 영구적인 것은 아무것도 없이, 구름은 서로 스쳐도 아무런 충격 없이 사라지고 녹아버리며, 길이로 측정되어 밀과 보리가 정확하게 자라는 들판은 그칠 사이 없이 비가 내리고 우박이 날아다니고 깊은 바다처럼 평온한 공간이 계속해서 만들어진 다음, 모든 것이 갑자기 변하여 산들바람이 불고 움직인다. 우리는 하늘을 나누는 나뭇가지나 울타리가 전혀 없는—이름도 없고 소유주도 없는—영역 사이로 날아다니긴 했지만, 마음속에서 인간중심주의가 뿌리 깊었기에 비행기는 본능적으로 배가 되어 항구를 향하여 항해하고 있었으며, 이리저리 나부끼는 옷에서 절로 들어 올려진 손에 의해 받아들여질 것이다. (우리의 열망과 상상력의) 유령은 이곳에 집을 갖고 있으며, 우리는 척추, 늑골, 내장을 가졌음에도 불구하고 우리 또한 증기와 공기이며 이 모두가 하나로 합쳐질 것이다.

홉굿 공군 대위가 조종장치를 만지자 모스*의 기수機首가 아래쪽으로 향했다. 그보다 더 환상적인 것은 상상할 수 없었다. 집, 거리, 은행, 공공건물, 그리고 습관과 양고기와 방울다다기양배추가 젖은 붓이 물감들을 함께 쓸어내릴 때처럼 자줏빛과 분홍빛의 긴 곡선과 나선 속으로 휩

---

*"하빌랜드 집시 모스" 비행기는 1926년에 처음 제작되었으며, 고성능 경비행기 디자인의 시대가 왔음을 알렸다.

쓸려갔다. 잉글랜드은행을 알아볼 수 있었으며, 모든 상점이 훤히 들여다보였다. 템스강은 고대 로마인이 보았던 것처럼, 구석기시대인이 보았던 것처럼, 새벽녘에 나무가 우거진 언덕에서 코뿔소들이 뿔로 진달래 뿌리들을 파헤친 모습 그대로였다. 그렇듯 무궁히 새로우면서도 원래의 모습 그대로인 런던이 보였고 잉글랜드는 그저, 그저 세상의 땅일 뿐이었다. 홉굿 공군 대위는 여전히 비행기를 아래쪽으로 향하는 조종장치에 손가락을 고정시키고 있었다. 조종석을 덮는 지붕에서 불꽃이 반짝거렸다. 둥근 지붕, 첨탑, 공장 굴뚝, 가스탱크가 솟아났다. 요컨대 문명이 나타났으며, 손과 마음이 다시 작동했다. 수 세기에 걸친 세월이 사라지고 야생 코뿔소들이 영원히 보이지 않는 곳으로 쫓겨났다. 우리는 여전히 하강했다. 이곳에 정원이 있었고, 저곳에 축구장이 있었다. 하지만 아직 사람은 볼 수 없었다. 잉글랜드가 무인 항해를 하는 한 척의 배처럼 보였다. 어쩌면 종족은 죽었을 것이며, 우리는 난로 위에 주전자가 놓인 채 돛을 모두 펴고 항해하고 있지만 한 사람도 타고 있지 않은 배*를 발견한 승무원처럼 세상에 승선했을 것이다.

그런데 저 아래에 하나의 점이 있다. 땅딸막하고 아주 작다. 말이거나, 아니면 사람일지도 모른다……. 그러나 흡굿은 또 다른 조종장치에 손을 댔고, 우리는 마치 날개에서 오염물질을 흔들어 떨어뜨리는 기분으로 가스탱크와 공장과 축구장을 발에서 흔들어 떨어뜨리면서 다시 솟아올랐다.

단념하는 순간이었다. 우리는 다른 것을 더 선호한다고 말하고 있는 것 같았다. 유령과 모래 언덕과 안개와 상상보다 양고기와 내장을 더 선호한다고 말이다. 이제 머릿속에 떠오르는 것은 죽음에 관한 생각이었다. 어서 오라고 환대받는 것이 아닌, 불멸이 아니라 소멸인 죽음이었다. 위의 구름이 검었기 때문이다. 구름을 가로지르며 갈매기 떼가 한 줄로 늘어서서 지나갔다. 검푸른 백색의 외계 종족이자 특권을 가진 종족인 갈매기들은 납빛을 배경으로 우리에게 알려지지 않은 의사소통 수단과 권리, 소유권을 가지고 계속해서 나아가고 있었다. 그러나 갈매기들만 있는 곳에서

*"메리 실레스트 현상"을 암시하는 구절이다. 어느 장소에 있어야 할 사람들이 모두 불가사의하게 사라져 버린 현상을 말한다. 1872년 12월 5일 미국의 쌍돛대 범선인 "메리 실레스트호"가 아조레스와 포르투갈 사이에서 돛이 퍼진 채 발견되었으나 선원 중 아무도 발견되지 않았다.

는 삶이 아니었다. 삶은 끝났다. 즉, 등불이 젖은 스펀지에 흠뻑 젖듯 삶이 바로 저 구름 속에서 흠뻑 적었다. 이제 소멸이 바람직한 것이 되었다. 하늘 꼭대기에서 깃털과도 같은 의식을 갖고 방향을 지시하면서도 통제하지 않는 영혼의 물결과 욕망이 얼마나 맹목적으로 이리저리 요동치는지를 보는 것은 이 여정에서 참으로 기이했기 때문이다. 그래서 우리는 지금 죽음에 이르기까지 휩쓸려가는 것이었다.

꼭 날개 달린 조종사를 연상케 하는 텁수룩한 털가죽으로 테두리를 두른 홉굿의 머리는 카론*의 머리처럼 무자비하게 승객들을 전멸시키는 젖은 스펀지로 이끌었다. 마음은 소멸의 고독과 신속성을 확신하며(실제로 지각하고 있다거나 사실이라고 주장하지 않고도 이러한 것들을 반복할 수밖에 없다.—정말로 그렇기 때문에) 게다가 마치 소멸이 그만큼 가치가 있다는 듯 자부심을 갖고 있었다. 소멸로 인해 얻는 게 더욱 많을 것이며, 다른 의지에 의한 다른 조건으로 연장되는 것보다 더욱 바람직하기 때문이다. 홉굿 공군 대위의 등에 대고 기도하는 마음은 '카론, 나를

*그리스신화에서 죽은 자를 저승으로 건네준다는 뱃사공.

데려가 줘, 나를 더 깊숙이, 깊숙이 떠밀어. 알고자 하는 열
망이 내 안에서 온통 희미하게 깜빡일 때까지, 심지어 발
가락에서 느껴지는 얼얼함마저 둔해질 때까지 나를 떠밀
어 줘. 이 모든 살아있는 느낌, 이 모든 할퀴는 느낌과 얼
얼한 느낌―어둡고 둔하고 완전히 젖은 느낌―도 결국에
는 또 하나의 느낌이 될 테니'였다. 소멸할 예정이었던 젖
은 스펀지인 구름은 우리가 용솟음치며 올라간 용광로에
서 이제 소멸했기에 우리는 마음과의 접촉을 생각했으며
우리의 죽음은 하나의 불길이었다. 땅과 바다가 보이는 삶
의 정상에서 여러 말을 휘두르고 붉은 피를 과시하는 것,
그것이 바로 인간의 치유할 수 없는 허영심이다. 소멸! 그
단어는 완결이다.

이제 우리는 구름 언저리에 있었고 비행기 날개에 우
박이 후두두 떨어졌다. 우박은 강철로 만든 번쩍이는 철길
처럼 은빛을 번쩍이며 곧장 쏜살같이 지나갔다. 셀 수도 없
이 많은 화살이 우리가 다가가는 존엄한 길 아래에서 우리
를 향해 쏜 것이었다.

그때 카론이 털북숭이 머리를 돌려 우리를 향해 웃었

다. 툭 불거져 나온 광대뼈에 약간 움푹 들어간 눈이 보기 흉한 얼굴이었으며, 한쪽 뺨에는 절개하여 꿰맨 주름이 죽 그어져 있었다. 아마 몸무게가 100킬로그램 정도는 나가겠지만 팔다리는 오크나무 가지처럼 앙상했다. 그러나 이 모든 것에도 불구하고 지금 홉굿 공군 대위에게 남아있는 것은 우리가 길모퉁이에서 가느다랗고 은밀하게 불어온 것을 보는 것과 같은 불꽃밖에 없었다. 제아무리 날렵하더라도 죽음으로부터 거의 달아날 수 없는 불꽃 말이다. 공군 대위의 모습은 그러한 것이 되었다. 그리고 우리 역시 이제 막 함께 죽게 될 사람들의 손을 꽉 쥐고 껴안는 동지애적 모습은 사라지게 되었다. 육체가 없었기 때문이다. 나무들이 늘어선 길 끝에 와서 오리들이 떠 있는 연못을 발견하지만 그저 납빛의 물뿐인 것처럼, 우리는 우박이 떨어지는 길을 헤쳐 아주 고요하고 조용하며 위로는 실안개가 끼고 밑으로는 구름이 떠 있는 연못으로 와서는 마치 연못 위에 오리가 한 마리 둥둥 떠 있는 것처럼 우리도 둥둥 떠 있는 것 같았다. 그러나 우리 위의 실안개는 순백이 빽빽하게 채워진 것이었다. 색채가 붓끝으로 내달리듯 하늘의 푸른빛이 색채 밑의 한 부분으로 내달렸다. 우리 위에서는 하얀 색이었다. 그리고 이제 방울다다기양배추를 먹는 포유류의 늑골과 내장은 얼어붙고 분쇄되기 시작하여 이 유령처럼 실체 없는 우주의 순백과 가벼움으로 얼어붙어 아무것도 없는 공간이 되었다. 뭉게뭉게 떠다니는 구름 한 점 없었기 때문이다. 빛이 구름을 어루만지고 정확한 형체가 없는 덩어리들이 경사면을 분리시키거나 다시 높이 치솟아 부풀어 오르곤 했다. 깃털구름도 없었고, 끝도 없이 끝없이 끝없이 올라가는 가파른 벽을 허무는데 주름 자국 하나 없었다. 태양이 석탄의 불길을 바래게 하듯 홉긋과 하나가 된 노르스름한 불빛이 실질적으로 꺼졌다. 축축이 젖은 스펀지로도 우리를 지워 없애지 못했다. 우리에게 쏟아져 내리는 것은 아무것도 없었고 꼭 백사장 같았다. 그때 우리 몸의 일부가 묵직해지는 듯싶더니 양모처럼 푹신푹신한 빛깔과 물체 속으로 떨어졌다. 자두와 돌고래와 담요와 바다와 비구름을 함께 빨아놓은 빛깔이 모두 함께 으스러지며 자줏빛과 검은빛과 은빛으로 얼룩지고 있었다. 부드럽게 익은 이 모든 것이 우리 주위에서 소용돌이쳤으며, 두 눈은 마치 물고기가 바위틈에서 깊은 바다로 미끄러져 들어가는 것 같은 기분이 들었다. 그때 멀리, 저 멀리 아래에 동화에나 나올법한 땅이 나타났다. 그저 날이 얇은 칼날과도 같은 빛깔이 둥둥 떠 있는 것처럼 보였다. 땅은 엄청난 속도로 우리를 향하여 솟아올라 넓어지고 길어지고 있었다. 그 위에 숲이 나타나고 바다가 나타났다. 그런 다음 다시 불안한 검은 얼룩이 곧 뾰족탑들로 찔리고 둥그런 건물들이 불쑥 나타나기 시작했다. 점점 더 가까워지면서 우리는 하나로 합쳐졌고 다시 온 문명이 우리 밑에 조용히 텅 빈 채로 펼쳐졌다. 우리에게 실례를 들어가며 보여주려는 것 같았다. 석탄과 철을 운반하는 증기선들이 있는 강, 교회, 공장, 철길들이 나타났다. 아무것도 움직이지 않았다. 아무도 기계를 작동시키지 않았다. 이윽고 런던 변두리의 어떤 들판에서 하나의 점이 실제로 그리고 확실히 움직이는 것이 보였다. 점은 청파리만 한 크기였고 그 움직임은 극히 적었지만 이성은 그것이 말이며 질주하고 있는 것이라고 주장했다. 하지만 모든 속도와 크기가 축소되어 있어서 말의 속도가 아주, 아주 느린 것 같았으며, 크기도 아주, 아주 작아 보였다. 그렇지만 이제 거리에서 미끄러지거나 멈추는 것과 같은 동작이 수시로 있었다. 그런 다음, 점차 밑에 있는 광대한 물질의 주름이 움직이기 시작했으며, 그 주름들 속에서 수백만 마리의 곤충들이 움직이는 모습이 보였다. 몇 초가 지나자 그들은 사람들이 되었다. 하얀 도심지 건물의 한가운데에서 일하는 사람들이었다.

자이스* 쌍안경을 통해 이제 실제로 개별적인 사람들의 정수리를 볼 수 있게 되었고 모자와 중산모를 분간할 수 있게 되었으며, 따라서 사회적 지위도 확신할 수 있게 되었다. 그가 고용주인지 노동자인지를 말이다. 그리고 우리는 이제 하늘의 가치를 땅의 가치로 영구히 바꾸어야 했다. 차량들로 가득한 도시에는 때때로 거의 30센티미터에 달하는 사각형 덩어리들이 있었다. 그것들은 격노한 채 부들부들 떨며 기다리는 도시의 거물인 열한 대나 열두 대의 롤스로이스로 바뀌었으며, 우리는 그 거물의 분노가 이치에 맞다는 생각이 들었다.—비록 아주 조용하고 그 사각형 덩어리는 길이가 얼마 되지는 않았지만 런던시에서

*독일의 광학회사 이름.

차량을 통제한다는 것이 얼마나 언어도단인지를 말해주고 있는 것이었다. 그러나 홉굿 공군 대위가 손목을 돌려 빈민지역*으로 날아가자 자이스 쌍안경을 통해 비행기의 소음으로 인해 하늘을 올려다보는 사람들을 볼 수 있었으며 그들의 얼굴에서 표정을 판단할 수 있었다. 우리가 흔히 보는 표정이 아니었다. 복잡한 표정이었다. 내키지는 않지만 속으로 '세탁솔로 계단을 북북 문질러 씻어야겠군'이라고 말하는 것 같았다. 그럼에도 그들은 경례하며 우리에게 인사를 건넸다. 그들은 달아날 수도 있었다. 그리고 결국엔 고개를 다시 아래로 떨구더니 세탁솔을 꽉 쥐었다. 도로에 떨어지는 것은 좋지 않을 것이다. 그들은 설마 하며 고개를 가로저었지만, 우리를 다시 올려다보았다. 그러나 좀 더 멀리 계속해서 나아가자, 아마 옥스퍼드가街 위였을 텐데, 아무도 우리를 주목하지 않았으나 어떤 맹렬한 욕망이 사람들의 마음을 빼앗았는지 상점 창문에서 무언가를 보려고(우리가 머리 위로 지나갈 때 노르스름한 불빛이 번쩍였기에) 서로를 밀치고 있었다. 좀 더 멀리 갔다.

*런던시와 인접한 이스트엔드 지역을 말한다.

아마 베이즈워터 근처였을 것 같은데, 운집한 사람들이 더욱 가늘어졌고, 모자를 쓴 약간 특이한 형체라든가 얼굴이 불쑥 시야에 들어왔다. 그런 다음, 숲에 대칭으로 나 있는 대로, 대로에 대칭으로 나 있는 셀 수 없이 많은 창문들, 그리고 깃발들이라든가 겉으로 드러나는 모든 것들에 얼마나 분개하게 되는지, 그래서 창문이 열리기를 바라며 안으로 밀고 들어가 겉으로 드러나는 것들을 없애버리고 싶어진다는 것은 참으로 기이한 일이었다. 베이즈워터에 위에 있을 때 정말로 문이 하나 열렸고, 곧바로 당연히 방이 하나 나타났다. 당연히 믿을 수 없을 정도로 작았으며 분리되어 있으려는 시도 자체가 우스꽝스러웠다. 그런 다음, 한 여자의 얼굴이 나타났다. 아마 젊은 여자였을 텐데, 어쨌든 검은 망토와 붉은 모자를 입은 여자가 세간을 이루고 있었으며, 이쪽에는 그릇 하나가, 저쪽에는 사과가 놓인 찬장 하나가 세간에 대한 흥미를 떨어뜨리게 했다. 장식용 받침을 하나 사거나 두 가지 색깔을 함께 배치하는 능력을 감지할 수 있게 되었기 때문이다. 전기난로 위로 아지랑이처럼 피어오르는 연기도 감지할 수 있을 정도였다. 하늘에서 보자

니 모든 것이 그 가치가 바뀌어 있었다. 인격은 육체 바깥에 있었고, 추상적이었다. 우리는 심장과 팔과 다리에 생명을 불어넣을 수 있으면 얼마나 좋을까 싶었다. 살아 움직이는 심장과 팔과 다리를 끌어모아야 그곳에 있을 수 있으며, 표면에 놓인 조립되어 있는 것들 위에서 공중을 나는 이 고된 놀이를 포기하기 위해서는 필요하기 때문이었다.

그런 다음, 들판이 우리 주위에서 곡선을 그렸으며, 우리는 기다란 띠처럼 우리 주위를 빙글빙글 도는 푸른 천과 질주하는 흰 말뚝 울타리의 소용돌이에 휘말렸으며, 땅에 살짝 닿고는 엄청난 속도로 처박히고 돌투성이의 지면에 부딪히며 하늘의 기둥을 쫓아 열심히 곡선을 그리며 나아갔다. 우리는 착륙했으며, 이제 끝이었다. 사실대로 말하자면, 비행은 시작하지도 않았었다. 흡굿 공군 대위가 몸을 굽혀 엔진에 굉음을 냈을 때 기계에서 어떤 결함을 발견하고는 고개를 들어 올려 몹시 멋쩍어하며 "유감이지만 오늘은 안 되겠네요"라고 말했기 때문이다.

그래서 우리는 결국 날지 못했다.

웸블리의

천둥

1924년 6월 「네이션 앤드 애디니엄」에 실린 이 글은 런던의 웸블리 스타디움에서 열린 대영제국박람회에 레너드와 함께 다녀온 뒤에 쓴 글이다. 사적인 관점이 들어가는 식의 일반적인 탐구를 시도하지 않는다는 점에서 요즘의 저널리즘적 해설과는 궤를 달리한다. 그래서 참여한 식민지의 목록도, 전시된 모든 종류의 품목에 대한 검토도 없다. 그보다는 오히려 울프가 보고 듣고 느낀 인상들의 집합체라 할 수 있으며, 그 방식에 있어서는 시각적인 면이 두드러진다. 울프는 박람회를 개최하기 위해 특별히 건축된 광범위하고 인상적인 인공 구조물들을 보며 "웸블리를 망하게 한 것은 자연"이라고 주장한다. 풀밭, 밤나무, 개똥지빠귀, 하늘에 그녀는 우선권을 부여하는데, 이는 박람회가 그 자체를 주장하기 위해서는 싸워야 하는 반대 세력으로 빅토리아 시대의 휘황찬란한 유산인 제국의 지속력을 파괴하는 주범이기도 하다.

웸블리*를 망하게 한 것은 자연이다. 그런데도 스티븐 슨 경, 트래버스 클라크 중장, 데본셔 공작**이 웸블리에 자연의 출입을 금하는 어떤 조치를·취했는지는 알 수 없다. 아마 풀을 뽑게 하고 밤나무들을 베어버리도록 했을 수는 있다. 그렇기는 하지만 개똥지빠귀들이 모여들었을 것이며, 하늘은 늘 그렇듯 언제나 있었을 것이다. 기억이 틀리지 않

*잉글랜드 동남부, 미들섹스주 동부에 있었던 옛 도시로 현재는 그레이 터런딘 서북부인 브렌트의 일부. 웸블리 스타디움은 1923년 대영제국 박람회장으로 세워졌다.
**1924년 4월 23일, 잉글랜드의 수호성인인 세인트 조지를 축하하는 축제일에 대영제국박람회가 조지 5세의 주도하에 역대 최대 규모로 열렸다. 1,200만 파운드가 들었고 2,700만 명의 방문객이 모여들었는데, 산업관, 공학관, 예술관, 놀이공원, 경기장이 모두 나사 모양의 '멈추지 않는' 철로로 연결되어 있었다. 대영제국 경기장은 2002년까지 잉글랜드 축구팀의 본거지가 되었다. 박람회의 이사장은 스티븐슨 경이었다. 데본셔 공작은 다섯 명의 이사 중 한 명이었고 트래버스 클라크 중장은 박람회의 행정국장이었다.

는다면 얼스 코트와 화이트 시티*에는 이러한 문제의 근원으로부터 별문제가 없었다. 그 구역은 아주 좁았으며 불빛은 휘황찬란했다. 만약 실제로 나방 한 마리가 아크등 불빛에 홀려 실없이 꾸물거리다가 잘못 들어서기라도 하면 그 즉시 핑그르르 돌며 정신을 못 차리게 되었을 것이다. 만약 나도싸리나무 한 그루가 술을 흔든다면 자줏빛과 진홍빛 공중에 번쩍이는 백색광이 떠다닐 것이다. 그곳에서는 모든 것이 도취되고 변모된다. 하지만 웸블리에서는 아무것도 변하는 것이 없으며 아무도 취하지 않는다. 사람들은 정말로 식당에서 손님들이 각기 저녁식사 비용으로 1기니를 쓸 수밖에 없다고 말한다.** 그 진술이 유추하는 바에 따르면 도대체 차가운 햄을 얼마나 많이 볼 수 있다는 말인가! 빵은 또 얼마나 산더미처럼 쌓여있다는 말인가! 차와 커피는 또 얼마나 많이 마셔야 한다는 말인가! 웸블리에 샴페인이나 물떼새의 알, 또는 복숭아가 있다는 것은

*얼스 코트와 화이트 시티는 각기 런던에 소재한 도시. 이곳에 오락공간을 1887년에 개설, 1914년에 문을 닫았다. 같은 장소에 1935년에는 대영제국 산업박람회 개최를 위해 전시장을 세웠다.
**당시 저녁식사 비용은 실제로 1기니(21실링)보다 더 많은 25실링이 들었다.

상상도 할 수 없기 때문이다.

그리고 6실링 8펜스면 두 사람이 필요한 만큼의 햄과 빵을 실컷 살 수 있다. 6실링 8펜스는 많은 금액은 아니지만 그렇다고 적은 금액도 아니다. 적절한 금액, 보통 정도의 금액이다. 웸블리에서 널리 행해지는 금액이다. 열린 문 사이로 자동차들이 가지런히 늘어선 모습을 볼 수 있다.* 차들은 호화롭지도 강력하지도 않으며, 조잡하지도 싸지도 않다. 6실링 8펜스는 그 차들 각각의 가격인 것으로 보인다. 자갈을 으스러뜨리는 기계도 마찬가지다. 우리는 더 좋은 것을 상상할 수도 있으며, 더 나쁜 것을 상상할 수도 있다. 우리 앞에 있는 기계는 쓸모 있는 유형으로 예상한 대로 6실링 8펜스의 비용이 든다. 옷감, 밧줄, 식탁보, 옛 거장의 그림, 설탕, 밀, 은세공 제품, 후추, (식용으로 홍콩으로 수출하는) 새들의 둥지, 장뇌, 밀랍, 등나무 줄기, 기타 등등—왜 가격을 묻는 고생을 할까? 우리는 사전에 6실링 8펜스라는 사실을 알고 있다. 건물 자체에 관해 말하

---

*공학관의 가장 주목할 만한 특징 중 하나는 웸블리에서 가장 큰 건물 그 자체라고 한다. 당시 세계에서 가장 큰 건물로 트래펄가 광장의 여섯 배 반이었다.

자면, 그 거대하고 매끄러운 잿빛의 호화로운 건물들은 건축가의 머릿속에서 문득 비싼 비용을 들여서 짓자는 천박한 생각이 요동쳐서 지어진 게 아니었다. 마찬가지로, 너무 싸구려로 짓는 것은 건축가에게 혐오스러웠으며 천박함도 딱 질색이었다. 각 건물을 짓는 데는 면적, 길이, 평방피트 당으로 철근 콘크리트들이 팔렸지만, 그 비용 또한 6실링 8펜스로 산출된다.

하지만 사람들이 "민주주의"와 "보통사람"이라는 훌륭한 두 단어에 지쳐서 말을 더듬기 시작할 때, 자연은 사람들이 가장 찾으려고 하지 않는 곳에서 자신을 주장한다.―바로 성직자들, 초등학생들, 소녀들, 젊은 남자들, 바퀴 달린 의자에 앉아 있는 환자들에게서다. 그들은 조용히 말없이 삼삼오오 무리를 짓거나 때로는 홀로 지나간다. 그들은 어마어마한 계단을 오르며, 안경을 무료로 고치기 위하여, 만년필 잉크를 무료로 채우기 위하여 줄 서 있다. 그들은 곡식이 든 포댓자루를 공손히 바라보며, 캐나다에서 온 제초기를 경건하게 훑어본다.* 이따금 허리 숙여 종이봉투나 바나나 껍질을 치우고 그것을 그러한 목적을 위해 대로변에 일정한 간격으로 군데군데 마련해 놓은 쓰레기통에 넣는다.

그러나 우리의 동시대인들에게는 무슨 일이 일어난 걸까? 그들은 저마다 아름답고, 저마다 위풍당당하다. 처음으로 인간다운 존재를 보고 있다고 말해도 될까? 그들은 거리에서 허둥지둥 서두르고, 집에서 대화를 하고, 은행에서는 은행원이고, 가게에서는 신발을 판다. 여기 철근 콘크리트 대영제국이라는 막대한 배경과 대조적으로 대체로 비어 있는 장밋빛의 버마**관에서 그들은 그야말로 여가와 문명과 존엄성을 가진 생명체로 인간으로서의 면모를 드러낸다. 약간 활기가 없고, 약간 약화되긴 했을 터이지만 자부심을 가질 만한 소산이다. 실제로 그들은 박람회의 파멸의 원인이 되었다. 데본셔 공작과 동료들은 그들의 출입을 금지시켰어야 했다. 느릿느릿 걷고 이리저리 계속 이동하고, 꿈꾸고 사색하고, 우유와 크림 분리기, 커피 분쇄기를 요리조리 보며 감탄하는 그들을 지켜보고 있노라면 남

*캐나다는 파리조약(1763년)에 의해 대영제국에 양도되었고, 1867년 영국령 북아메리카 조례에 의해 자치령이 되었다.
**버마는 1885년 영국의 식민지가 되어 아시아 식민지의 거점이 되었다. 1937년에 자치적인 조치를 취하며 인도와 분리되었다. 2010년, 신헌법의 규정에 따라 '미얀마연방공화국'으로 개칭하였다.

웸블리의 천둥

은 쇼는 하찮아진다. 그렇다면 도대체 그들에게 무슨 마법을 쓴 것일까, 라고 물을 수 있다. 이러한 모든 존엄성을 가졌다는 것을 어떻게 하면 그들 스스로 믿게 할 수 있을까?

그러나 이렇듯 냉소적으로 성찰하게 된 것은 당연히 아주 쌀쌀맞으면서도 동시에 아주 우월한 개똥지빠귀 때문이었다. 위원회 측이 진지하게 감독한 결과, 유원지에 나무 몇 그루와 진달래 덤불을 남기도록 했다. 그리고 이것들은 누구나 예상할 수 있듯 새들을 끌어들였다. 우리는 공중으로 들어 올려질 차례를 기다리는 동안 개똥지빠귀가 지저귀는 소리를 듣지 않을 수 없다. 위를 올려다보면 활짝 꽃이 핀 밤나무를 발견한다. 아래로 내려다보면 꽃잎이 흐드러진 야생화들이 간간이 섞여 있는 곤충의 온상인 평범한 풀밭을 볼 수 있다. 축음기는 최선을 다한다. 처녀총각들 위로는 편자 모양의 꼬마전구들이 반짝반짝 빛난다. 한 남자가 풍선을 쾅 하고 터뜨려 우리에게 와서 원숭이들을 간질이라고 애원한다. 근엄한 남자들은 꼬마철도가 공중 높이 올라가자 균형을 잡는다. 하지만 모두 헛되도다. 보트가 나뭇잎들 사이로 물을 철벅철벅 튀기며 고꾸라져 빠져 죽을

운명에 처할 때 황홀한 외침이 하늘을 가르는 동안 지빠귀
는 자신의 주장을 계속한다. 그런 다음, 구내 바깥에 줄지
어 있는 붉은 벽돌집에서 어떤 여자가 나와 뒷마당에서 행
주를 짠다. 데본셔 공작은 이 모든 것을 예방했어야 했다.

그렇지만 여전히 하늘의 문제가 남아 있다. 푸른색 간
이의자에 등을 기댄 채 축 늘어져 있기만 하는 것은 박람회
의 일부일까? 궁금하다. 눈처럼 새하얀 팔레스타인*, 불그스
름한 버마, 모래 빛깔의 캐나다, 우리가 동양에서 점령한 불
교 사원의 탑들과 이슬람 사원의 최고의 장점을 과시하려
는 절묘한 전술에 하늘이 적합할까? 하늘은 말없이 이 모
든 전시관들과 전당들을 가슴에 품느라 고생하며, 침울하
면서도 사려 깊게 받아들이며, 처녀총각들과 원숭이들을
골리는 사람들 뒤에 있는 램프가 별처럼 절묘하게 그들을
품도록 한다. 그러나 우리가 흔쾌히 트래버스 클라크 중장
의 선견지명을 믿으며 감탄의 눈길로 지켜보고 있을 때조

*팔레스타인은 1차 세계대전 이후 오스만 제국령 시리아에서 분리되어
영국에게 할당된 국제 연맹의 위임통치령으로서, 1920년부터 1946년까
지 영국은 이 지역을 위임 통치하였다. 이 박람회에서는 각 점령국가별
로 전시관을 만들었다.

차도 거세게 몰려드는 소리가 들려온다. 바람의 소리일까, 아니면 대영제국박람회의 소리일까? 둘 다이다. 바람이 이는 소리가 들리고, 대로를 따라 발을 끄는 소리가 들린다. 제국의 군악대가 소집되어 경기장으로 행진하고 있다. 바늘꽂이 같은 남자들, 파우터 비둘기* 같은 남자들, 빨간 기둥 모양의 우체통 같은 남자들이 열 지어 지나간다.** 그들을 쫓아 흙먼지가 소용돌이친다. 감탄스러우리만치 무표정한 제국의 군악대는 행진을 계속한다. 곧 그들은 성채로 들어갈 것이며, 곧 성문은 쾅 하고 닫힐 것이다. 하지만 그들이 서두르도록 놔두자! 하늘이 방향을 잘못 읽었든지 아니면 간담을 서늘케 하는 어떤 재앙이 임박했기 때문이다. 검푸른 하늘은 무시무시하고 유황으로 가득 찬 지옥 같다. 격렬하게 요동친다. 구름의 용오름이 공중으로 선회하며 박람회장에서 흙먼지를 일으킨다. 흙먼지는 대로로 휘몰아치며 허리를 꼿꼿이 세운 코브라처럼 모퉁이를 돌아 쉬익

*모이주머니가 크게 돌출하였고, 이것을 부풀려 우는 버릇이 있는 비둘기의 일종.
**"5월 24일은 대영제국 국경일이었기에 군악대 콘서트가 열렸다. 다른 유사한 콘서트는 대영제국 국경일과 그달 말 사이에 열렸다"라고 「데일리뉴스」지는 전한다. 울프 일행은 5월 29일에 박람회를 방문했다.

소리를 내며 허둥지둥 간다. 탑들이 흙먼지 속에서 녹듯이 사라지고 있다. 철근 콘크리트도 잘못될 수 있다. 어떤 악의를 품은 힘이 빛을 발하는 상상도 할 수 없는 아름다움과 두려움이 살포되는 가운데 식민지들이 허물어져 사방으로 흩어지고 있다. 잿빛과 자줏빛은 쇠망의 빛깔이다.

사방팔방에서 인간들이 날아온다.─성직자들, 초등학생들, 바퀴 달린 의자에 앉은 환자들이다. 팔을 쭉 펼친 채 나는 그들 앞에서 바람이 통곡하듯 윙윙 부는 소리가 어마어마하게 나지만 혼란스러워지지도 않고 낙담하지도 않는다. 인류는 파멸로 치닫고 있지만 그 운명을 받아들이고 있다. 캐나다관에서 허물어질 것 같은 대피소 천막을 펼친다. 성직자들과 초등학생들이 대피소 입구에 다다른다. 구름 속에서 은빛 번개가 번쩍이는 가운데 야외에서 제국의 군악대가 연주를 시작한다. 백파이프들이 히이잉 말이 우는 소리를 낸다. 성직자들, 초등학생들, 환자들 무리가 버터로 만든 영국 황태자*를 둘러싼다. 나무의 하얀 뿌리 같은 균열들이 창공에 펼쳐져 있다. 제국은 멸망하고 있고, 군악대는 연주하고 있으며, 박람회는 폐허가 된다. 하늘을 입장하게 한 결과이다.

*티베트, 바빌론, 고대 로마제국 시대에 버터로 공예품을 만든 이래 미국과 캐나다, 영국 등에서 버터 공예품들이 만들어졌다. 박람회에 전시된 공예품은 목장에서 말 옆에 서 있는 황태자의 모습이었다.

충실한 친구에
관하여

아홉 살 때, 어린 버지니아는 이웃 개가 자신을 다소 심하게 공격한 불행한 사건에 대한 증인을 서야 했다. "……저에게 달려와서 벽에 부딪히게 하고는 망토를 물었어요." 그 자체는 다소 암울한 사건이지만, 재판은 어린 버지니아에게 긍정적인 경험이었다. 오후 내내 어머니의 전적인 관심을 받았다는 이유 때문인데, 그것은 무척이나 드문 경우였다. 아마도 이것은 버지니아가 개와 관련해서 처음으로 얻은 긍정적인 경험이었을 뿐 아니라, 개를 통해 적어도 처음으로 사랑하는 사람들과 더 가까워지는 수단 중 하나가 됐을 것이다. 버지니아의 집에는 어린 시절부터 항상 개가 있었지만, 그중에서도 섀그Shag는 남다른 존재였다. 섀그는 원래 제럴드 덕워스라는 출판업자의 것으로 추정되는 사냥개였지만, 그 전제조건인 사냥 기술이 부족했기 때문에 언니인 바네사의 개가 되었다. 열렬한 개 애호가였던 언니와 버지니아는 늘 섀그와 어울렸으며, 그때를 버지니아는 "순수한 즐거움의 시절"이었다고 회고한다. 어머니가 돌아가신 후 섀그는 어린 버지니아에게 위안과 동지애적 우정, 여동생들과 함께 매일 다양하게 노는 재미를 주었으며, 지루한 티파티 분위기를 없애버리는 데 일조하기도 했다. 나중에 섀그가 죽었을 때 「가디언」(1904)지에 "충실한 친구에 관하여"라는 제목의 부고기사를 써서 동반자를 추모했다.

금과 은을 사들이고는 우리 것이라고 부르는 것만큼이
나 우리가 동물을 사들이는 방식에는 어떤 무모함뿐만 아
니라 뻔뻔함마저 있다. 벽난로 앞의 양탄자 위에서 침묵하
는 비평가는 우리의 기이한 관습에 관해 어떻게 생각하는
지 궁금하지 않을 수 없다.─그 비평가는 바로 신비로운 페
르시안 고양이*이다. 그들의 여주인, 남주인인 우리가 동굴
안에서 기어 다니고 몸을 푸른색으로 칠하는** 동안 우리

*둥근 얼굴에 주둥이가 짧은 것이 특징인 장모 품종의 고양이. 고대 이
집트인들은 페르시안 고양이를 보호, 다산, 모성을 구현한 여신인 바스
트Bast로 숭배했다.
**고대 그리스 역사학자 폴리비우스Polbius는 가에사타에Gaesatae에 대
해 묘사했다. 그들은 로마의 침략자들을 아무것도 입지 않은 채 공격한 용
병 켈트 전사로 몸을 푸른색으로 칠했는데 이는 적에게 두려움을 심어주
기 위한 전술이라고 하였다. 그러나 그들의 방패가 작았기 때문에 가에
사타에는 로마 병사들의 창을 방어할 수 없었고 따라서 쉽게 패배했다.

는 그들의 조상을 신으로 숭배했다. 페르시안 고양이는 어마어마한 경험이라는 유산을 갖고 있는데, 이는 표현할 수 없을 정도로 근엄하고 미묘한, 사색에 잠긴 것 같은 두 눈동자에 깃들어 있다. 녀석은 뒤늦게 태어난 우리의 문명을 보고 미소 지으며 왕조들의 흥망성쇠를 기억할 거라고 나는 종종 생각한다. 우리가 동물을 다루는 익숙함 속에는 거의 경멸하면서도 모독하는 면이 있다. 우리는 의도적으로 야생에서 단순하게 사는 생명을 이주시켜 우리 곁에서 단순하지도 야생적이지도 않게 키운다. 여러분은 개의 두 눈에서 갑작스럽게 나타나는 원시동물의 모습을 곧잘 볼 수 있을 것이다. 마치 혈기왕성하던 어린 시절 외딴곳에서 다시 한번 여우 사냥에 나선 들개와도 같은 모습 말이다. 우리는 어떻게 이 야생의 생물을 우리를 위해 본성을 포기하도록, 기껏해야 흉내만 낼 수 있도록 만드는 뻔뻔스러움을 갖게 되었을까? 그것은 세련된 문명의 죄악 중 하나이다. 우리는 보다 순수한 환경에서 개가 가진 야생성을 빼앗았다는 것을 알지 못하거나, 우리가 차를 마실 때 설탕 한 덩어리를 구걸하도록 누구를─판인지, 님프인지, 아니면 드라이어드*인지—훈련시켰는지를 알지 못하기 때문이다.

　이제는 돌아올 수 없는 친구 새그**를 길들이는 데 있어서 나는 우리가 조금도 그러한 범죄를 저질렀다고 생각하지 않는다. 새그는 근본적으로 사교적인 개였으며, 인간 세상에 가까이 대응하는 개였다. 나는 녀석이 사교클럽의 내닫이창에서 다리를 편하게 쩍 벌린 채 동료와 증권거래소의 최신 소식에 대해 논의하며 시가를 피우고 있는 모습이 눈에 선할 정도이다. 녀석의 절친한 친구는 녀석에게 낭만적이거나 불가사의한 동물의 본성을 요구할 수 없었지만, 바로 그 점으로 인해 녀석은 한갓 인간에게 더더욱 좋은 벗이 되었다. 그렇지만 녀석은 본성 안에 낭만적인 모든 요소를 갖춘 족보를 갖고 우리에게로 왔다. 녀석의 구매 지망자가 녀석의 콜리와 같은 머리와 몸통, 그렇지만 스카이테리어와 같은 다리—순수혈통의 스카이테리어 못지않은 다리***—를 가리키며 값을 불렀을 때 녀석은 공포에 질렸

---

*판은 그리스 신화에 나오는 반인반수의 모습을 한 목신牧神. 드라이어드는 그리스 신화에서, 나무 요정, 특히 떡갈나무의 정령을 말한다.
**울프네 가족이 어렸을 때 키우던 회색 털북숭이 테리어 이름.
***콜리는 긴 털과 긴 다리를 가진 중간 크기의 개이며, 스카이테리어는 다소 장모이긴 하지만, 길고 짧은 몸체를 가지고 있으며 다리가 매우 짧

지만, 인간 귀족사회에서 오브라이언이나 오코너 돈*과 똑같이 대단히 중요한 족장이라는 것을 우리는 확신했다. 부계의 특성을 물려받은 스카이테리어 부족은 어찌 된 일인지 전부 지상에서 일소되었지만, 순수 스카이 혈통의 유일한 자손인 새그는 외진 노퍽 마을에서 미천한 신분인 대장장이의 소유로 남아 있었다. 그렇지만 녀석의 주인은 주인에 대한 극도의 충성심을 열렬하게 내세우며 왕족으로 태어났다는 주장을 성공적으로 밀어붙였기에 우리는 상당한 액수의 금액으로 녀석을 사는 영광을 누렸다. 녀석은 원체 지체 높은 신사라 우리가 원래 필요로 했던 이유인 쥐를 죽이는 교양 없는 일에는 가담할 수 없었지만, 우리는 필시 우리 가족의 체통을 더해줄 거라고 느꼈다. 녀석은 산책할 때마다 자신의 계급에 대한 존경의 의무를 등한시하는 중산계급 개들의 무례함을 벌주었으며, 주둥이에 입마개를 착용해야 한다는 규제가 오래전에 법적으로 쓸모없어졌음에도 고귀한 턱에 입마개를 둘러야만 했다. 중년의

다. 따라서 새그는 매우 독특하고 괴상해 보일 가능성이 있는 잡종이다.
*O'Brien 혹은 O'Connor Don. 대부분 스코틀랜드 왕이 된 스코틀랜드 귀족 씨족의 족장.

삶으로 나아가면서 녀석은 확실히 다소 독재적이 되었는데, 자신과 같은 종족과 있을 때뿐만이 아니라 주인인 우리와 있을 때도 그랬다. 주인이라는 칭호는 섀그와 관련된 한 터무니없었기에, 우리는 스스로를 삼촌이나 이모라고 불렀다. 녀석이 인간의 살점에 대해 불쾌감의 표시를 가하는 것이 필요하다고 느꼈던 유일한 경우는, 한 방문객이 설탕으로 유혹하며 무릎에 올려놓고 귀여워하는 강아지를 부르는 호칭인 "멍멍이"라는 경멸할 만한 "모욕적인 이름으로" 부르며 보통 애완견처럼 경솔하게 다루려고 시도했을 때였다. 그러자 특유의 특징이 독립성인 섀그는 설탕을 거부하고 대신 종아리를 흡족할 정도로 한 입 덥석 물었다. 그러나 적절한 예우를 갖춰 대우받는다고 느낄 때는 가장 충실한 친구였다. 녀석은 드러내 놓고 표현하지는 않았지만, 점점 시력이 떨어져 가면서도 주인의 얼굴을 알아보았으며 귀가 먹었음에도 여전히 주인의 목소리를 들을 수 있었다.

악마견으로서의 섀그의 삶은 우리 가족이 순수 혈통임에도 불행히도 꼬리가 없었던 애꿎덩어리 양치기 강아지를 섀그에게 소개시켰을 때 본모습을 드러내었다. 우리는 어린 강아지가 노령인 새그의 아들 역할을 해줄지 모른 다고 착각했으며, 한동안 그 녀석들은 함께 행복하게 살았 다. 그러나 새그는 언제나 사교상의 예의를 경멸했으며 우 리의 마음속에서 녀석은 정직성과 독립성이라는 최고의 자 질이 자리해왔다. 그렇지만 그 강아지는 우리의 마음을 완 전히 사로잡는 꼬마 신사였으며, 우리가 공정해지려고 애 썼음에도 새그는 그 어린 개가 우리의 관심을 독차지한다 고 느끼지 않을 수 없었다. 녀석이 서투르고 수줍어하는 얼 굴로 뻣뻣한 늙은 발을 한쪽 들어 올려 악수하자고 내미는 모습이 지금도 눈에 선하다. 그것은 어린 개가 아주 잘하 는 개인기 중 하나였었다. 나는 그 모습을 보며 눈물이 왈 칵 쏟아질 뻔했다. 비록 미소를 짓긴 했지만, 늙은 리어왕 을 생각하지 않을 수 없었다. 하지만 새그는 새로운 예의를 습득하기에는 너무 늙었으며, 자신이 절대 2인자가 되어서 는 안 되었기에 그 문제를 힘으로 결론지어야 한다고 결심 했다. 그래서 긴장감이 고조되는 몇 주가 지난 뒤 전쟁이 벌어졌다. 녀석들은 서로에게 하얀 이빨을 번뜩이며—새그 가 공격자였다— 풀밭 위에서 데굴데굴 굴렀으며 서로를 단단히 물고 놓지 않았다. 결국 우리가 녀석들을 떼어놓았을 때는 피가 줄줄 흐르고 사방팔방으로 털이 날아다니고 있었다. 두 개 모두 상처를 입었다. 그 후 평화는 불가능했다. 녀석들은 만날 때마다 서로에게 털을 뻣뻣이 세운 채 으르렁거렸다. 문제는 이것이었다.―과연 전쟁에서 최후로 승리하는 자는 누구일까? 누가 머물러 있어야 하고 누가 가야만 하는 걸까? 우리가 내린 결정은 근거가 있었으며, 부당하지만, 그럼에도 불구하고 변명의 여지가 있으리라. 늙은 개도 한창일 때가 있었지, 우리는 말했다. 하지만 새로운 세대에게 자리를 내주어야 해. 그래서 늙은 새그는 폐위되어 파슨스 그린에 있는 기품 있는 미망인의 집*과 같은 곳으로 보내졌다. 그리고 그 어린 개는 녀석을 대신해 군림했다. 몇 해가 지났고, 우리는 어렸을 때 알고 지냈던 옛 친구를 한 번도 보지 못했다. 그러던 어느 여름 휴가철에 녀석은 보호자와 함께 우리가 없을 때 집에 다시 찾아왔다. 그리고 작년 이때까지 시간은 계속 흘렀다. 우리는 알지 못

*일단 상속인이 주거지로 이사하면 유산 주인의 미망인이 사용할 수 있는 적당히 큰 집.

했지만, 그것이 녀석의 생애의 마지막 해가 될 것이었다. 그러던 어느 겨울밤, 몸이 몹시 아프고 불안하던 때에 개 한 마리가 우리 집 부엌문 바깥에서 들여보내 주기를 기다리며 컹컹대면서 반복적으로 짖는 소리가 들렸다. 그렇게 짖는 소리를 들은 지 몇 년 되었기에 부엌에 있던 한 사람만이 이제 그 소리를 알아차릴 수 있었다. 그녀가 문을 열자 섀그가 걸어 들어왔다. 이제는 거의 눈도 멀고 귀도 먹어 있었다. 이전에도 숱하게 안에서 걸어 다녔기에 녀석은 왼쪽도 오른쪽도 쳐다보지 않으면서 옛날에 앉았던 난롯가 옆 구석으로 가서는 몸을 웅크린 채 소리 한 번 내지 않고 잠들었다. 권력 강탈자가 녀석을 보았다면 녀석은 죄를 지은 것처럼 슬그머니 내뺐을 것이다. 섀그에게는 이제 자신의 권리를 위해 싸우는 것이 이미 지나간 과거였기 때문이다. 우리는 결코 알 수 없을 것이다. 그것은 우리가 결코 알 수 없는 많은 것들 중 하나로, 어떤 불가사의한 기억이 파도처럼 밀려왔기에, 혹은 어떤 교감하는 본능이 섀그로 하여금 수년간 묵었던 집에서 옛 주인의 집의 익숙한 문간을 다시 찾도록 이끌었는지를 말이다. 그리고 섀그에게 그 옛

날 집에서 살았던 가족의 마지막이 되는 일이 닥쳤다. 강아지로서 처음으로 산책을 한 곳인 정원으로 이어지는 길을 건너는 곳에서, 다른 개들을 죄다 물고 유모차에 탄 아기들을 죄다 겁먹게 한 곳에서, 죽음을 맞이하였기 때문이다. 눈멀고 귀먹은 개는 2륜마차의 소리를 보지도 듣지도 못했다. 바퀴가 녀석을 덮쳐서 그 즉시 삶을 마감했다. 운 좋게 연장될 수도 없었다. 녀석에게는 마차 바퀴들과 말들 사이에서 그렇듯 생을 마감하는 게 무통 도살실에서 끝을 맺거나 마구간에서 독살당하는 것보다는 나았을 것이다.

그리하여 우리는 사랑하는 충실한 친구에게 안녕을 고한다. 녀석의 미덕을 우리는 기억할 것이다.—세상에 나쁜 개는 없다는 것을.

순간: 여름 밤

버지니아 울프
지은현 옮김

초판 1쇄 발행 _ 2019년 10월 11일

펴낸이 강경미 **| 펴낸곳** 꾸리에북스 **| 디자인** 앨리스

출판등록 2008년 8월 1일 제313-2008-000125호

주소 121-840 서울 마포구 합정동 성지길 36, 3층

전화 02-336-5032 **| 팩스** 02-336-5034

전자우편 courrierbook@naver.com

ISBN 9788994682365

이 도서의 국립중앙도서관 출판예정도서목록(CIP)은 서지정보유통지원시스템 홈페이지(http://seoji.nl.go.kr)와 국가자료종합목록 구축시스템(http://kolis-net.nl.go.kr)에서 이용하실 수 있습니다. (CIP제어번호 : CIP2019036498)